Rezepte

Das Know-how der guten Sauce

Fein gewürzte und exakt abgestimmte Saucen bieten uns ein einzigartiges Geschmackserlebnis. Lassen Sie sich zu diesem kulinarischen Vergnügen entführen.

Kleine Saucenkunst

Für eine gute Sauce brauchen Sie außer besten Zutaten auch etwas Fingerspitzengefühl. Damit nämlich alle Aromen voll zur Geltung kommen, ist das richtige Maß der Bindung entscheidend. Manchmal wird eine Sauce zu Anfang eines Rezepts gebunden, zum Beispiel bei der Mehlschwitze. Oder wenn Zutaten wie Eigelb, Sahne oder Butter hinzugefügt werden, erst im letzten Schritt. Achten Sie darauf, dass die Sauce nicht zu stark gebunden wird. Ein Zuviel an Mehl oder Speisestärke macht die Sauce breiig oder klumpig und kann ein ganzes Essen verderben. Eine Faustregel heißt: die Sauce ist dick genug, wenn sie den Rücken eines Holzlöffels dünn bedeckt. Es gibt drei Möglichkeiten eine Sauce zu binden: erstens mit Mehl oder Stärke; zweitens mit Sahne oder Eiern; oder drittens durch Pürieren der Saucenzutaten, meistens Gemüse oder Früchte.

Ein bisschen Technik: perfekt binden

Mehlschwitze (Einbrenne) Eine Mischung aus Butter und Mehl wird kurz erhitzt, bevor die Flüssigkeit, z. B. halb Milch, halb Brühe, zugefügt wird. Verwenden Sie je 1 EL Butter und Mehl auf ½ l Flüssigkeit. Durch das Anrösten in Fett wandelt sich die Stärke im Mehl chemisch um, der Mehlgeschmack verliert sich. Je länger die Sauce köchelt, desto besser: mindestens 15 Min., eher mehr Zeit sollte die Stärke zum Ausquellen haben.

Speisestärke muss mit etwas kaltem Wasser, Brühe oder Fond angerührt werden (1 gehäufter TL auf ½ l), bevor man sie zügig zur kochenden Flüssigkeit gibt und diese andickt. Die Bindung erfolgt fast unmittelbar.

Butter Kalte Butterstückchen werden nacheinander leicht unter eine Sauce, z. B. einen eingekochten Fond gezogen. Durch die Kühle der Butter sinkt die Temperatur, die Sauce dickt etwas ein und erhält einen feinen Geschmack. Die Bindung steht nur für kurze Zeit – deshalb die Sauce sofort servieren.

Eigelb Das Binden einer Sauce mit Eigelb nennt man Legieren oder Abziehen. Eigelbe mit etwas Sahne verquirlen, mit wenig heißer, nicht kochender Sauce vermischen und dann unter die übrige Sauce rühren. Bei milder Hitze erhitzen, bis die gewünschte Konsistenz erreicht ist. Auf keinen Fall mehr kochen lassen, sonst gerinnt das Eigelb.

Sahne kann man bei starker Hitze im offenen Topf oder der Pfanne kräftig einkochen lassen, um sie auf eine bestimmte Menge zu reduzieren. Dabei verdampft ein Teil ihres Wassers und sie bekommt eine cremige Konsistenz. Wie lange das dauert, hängt von der Sahnemenge ab, also beobachten Sie die Reduktion!

Gemüse- oder Fruchtpüree Leicht stärkehaltige, möglichst kompakte Gemüsesorten wie Zwiebeln, Sellerie, Möhren, Brokkoli, aber auch Kartoffeln oder Linsen werden in etwas Flüssigkeit (Wasser, Brühe, Fond) gekocht, dann fein püriert und durch ein feines Sieb passiert. Diese kalorienarme Bindemethode eignet sich auch für Fruchtsaucen.

Kleine Helfer für Saucen-Köche

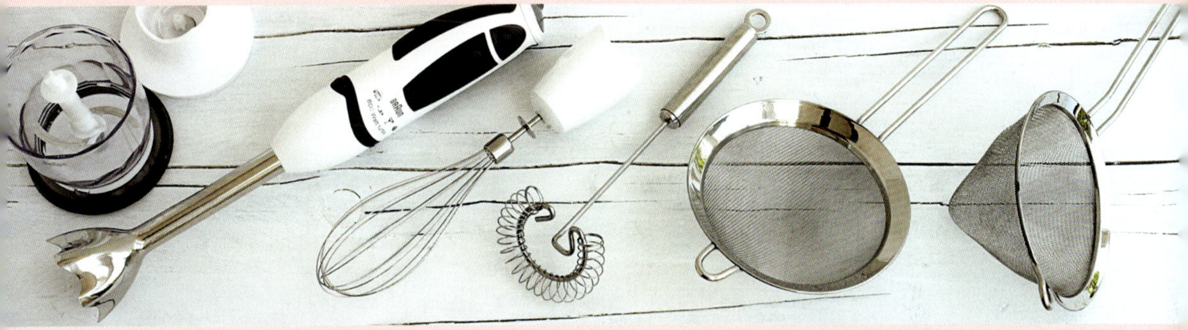

Elektrischer Multi-Zerkleinerer Damit können Sie kleine Mengen Käse, Zwiebeln, Knoblauch, Gemüse, Kräuter, Gewürze, Nüsse, Fleisch oder Fisch perfekt hacken und zerkleinern. Das Universal-Gerät ist auch zum Aufschlagen von Saucen, Pürieren und Mixen von Pesto und Pasten bestens geeignet.

Stabmixer oder Pürierstab Die süßsaure Pflaumensauce (Rezept Seite 25), die Zucchini-Lauch-Sauce (Rezept Seite 36) und die Himbeersauce (Rezept Seite 52) haben eins gemeinsam: Um sie vollkommen zu machen, muss man sie zu einem glatten, feinen Püree zerkleinern. Das schafft ein Stabmixer mühelos. Damit können Sie direkt im Topf pürieren oder Saucen in Sekundenschnelle aufschlagen, und das Umfüllen wie beim Mixer bleibt Ihnen erspart. Achten Sie darauf, dass das Gerät mit Turbogeschwindigkeit arbeitet. So werden Saucen schön voluminös und glatt und damit umso feiner!

Schneebesen Das wichtigste Küchengerät für Saucen-Köche! Zum Schlagen von Eiweiß, Sabayon und Sahne, zum Umrühren von Saucen und zum klümpchenfreien Einrühren von Butter oder Bindemitteln. Ein guter Schneebesen sollte elastische Drahtschlaufen oder -spiralen haben und groß genug sein, damit Sie flächig rühren können und die Sauce, beispielsweise die Hollandaise (Rezept Seite 19), nicht anbrennt. Mit einem normalen »Handbesen« kommt man eigentlich schon aus. Dennoch können Sie noch vorteilhafter mit einem elektrischen Schlagbesen arbeiten. Viele Firmen bieten ihn als Zubehör eines universellen Handrührgerätes an, einige als Ergänzungsteil eines Schnellmixstabs – im Set mit Zerkleinerer, Pürierstab und anderem Zubehör.

Haarsieb Äußerst nützlich, um aus einem Fond oder Brühe letzte Trübstoffe zu entfernen. Sieb zuvor mit einem Seih- oder Passiertuch auslegen.

Spitzsieb Aus Edelstahl, ideal zum Durchsieben von Fond und Brühen. Die Flüssigkeit läuft langsam am Rand entlang in das Auffanggefäß. Feste Bestandteile, die sich in der Spitze sammeln, mit einem Holzstößel durchdrücken.

Berühmte Saucen, Dips und Pasten

Wir laden Sie ein zu einer kulinarischen Reise in sechs Länder, bei der Sie die beliebtesten kalten Saucen kennen lernen. Alle Rezepte sind für vier Personen.

Barbecuesauce 1 Schalotte schälen. 1 frische rote Peperoni putzen und entkernen. Beides in sehr kleine Würfel schneiden und in 1 EL heißem Öl andünsten. 1 Knoblauchzehe schälen und dazupressen. 250 g stückige Tomaten (Tetrapak), 4 EL Tomatenketchup, 1 EL Weißweinessig und 1 EL Zitronensaft hinzufügen und aufkochen lassen. Mit 1 TL braunem Zucker, je ½ TL edelsüßem Paprikapulver und Senfpulver würzen. Alles bei milder Hitze im offenen Topf in 15 Min. dicklich einkochen lassen. Mit Salz, Worcestersauce und Tabasco würzen. Abkühlen lassen. Passt zu gegrillten Steaks und zu Roastbeef.

Dill-Senf-Sauce Je 2 EL mittelscharfer Senf und Weißweinessig und 1 EL Zucker gründlich verquirlen. 75 ml neutrales Pflanzenöl nach und nach im dünnen Strahl unterrühren, so dass eine cremige Sauce entsteht. ½ Bund Dill waschen, trockenschütteln, Blättchen abzupfen, hacken und untermischen. Sauce mit Salz und Pfeffer würzen. Passt zu Graved Lachs, zu Fisch-Carpaccio und Meeresfrüchten.

Hummus 1 Dose Kichererbsen (400 g Inhalt) in ein Sieb abgießen, kalt abbrausen und abtropfen lassen. 2 Knoblauchzehen schälen und fein hacken. Kichererbsen mit Knoblauch, je 2 EL Olivenöl und frisch gepresstem Zitronensaft, 2–3 EL Wasser und 2–3 EL Tahin (türkische Sesampaste) im Mixer, mit der Küchenmaschine oder mit dem Pürierstab zu einer dicklich-cremigen Paste pürieren. Mit 1 TL gemahlenem Kreuzkümmel, ½ TL Cayennepfeffer und Salz würzen. Passt zu Fladenbrot und Oliven, gegrilltem Gemüse, zu frittierten Fischen und Kartoffeln.

Minzesauce 1 Bund frische Minze waschen, trockenschütteln, Blättchen abzupfen und grob zerschneiden. 4 EL Wasser mit 1 EL Zucker unter Rühren aufkochen lassen. Vom Herd nehmen, Minze einrühren und kurz pürieren. Sauce abkühlen lassen, dann 3 EL Weißweinessig untermischen und salzen. Passt zu gekochtem und gebratenem Lammfleisch, auch zu gekochtem Huhn, Zunge oder Roastbeef.

Pesto 2 EL Pinienkerne in einer Pfanne ohne Fett leicht rösten, abkühlen lassen. Blätter von 2 Bund Basilikum abzupfen, abreiben und grob hacken. 2 Knoblauchzehen schälen und hacken. Basilikum mit Knoblauch, Pinienkernen und ¼ TL Salz im Mörser zu einer Paste zerreiben oder im Mixer fein pürieren. Nach und nach 100 ml Olivenöl und 50 g frisch geriebenen Parmesan unterrühren, bis eine sämige Creme entsteht. Mit Pfeffer würzen. Vor dem Servieren 3–4 EL heißes Nudelwasser unterrühren. Passt zu Spaghetti, Trenette oder Gemüseeintöpfen.

Tsatziki 1 mittelgroße Salatgurke schälen, grob raspeln, in ein Sieb geben, salzen und 30 Min. ziehen und abtropfen lassen. Dann die Gurke mit einem Löffel gut ausdrücken. 2–3 Knoblauchzehen schälen und zerdrücken. Beides mit 500 g griechischem Joghurt, ¼ TL Salz, 1 TL Essig und 1 EL Olivenöl verrühren. Die Creme 1-2 Std. zugedeckt im Kühlschrank ziehen lassen. Nach Belieben noch 1 EL gehackten Dill untermischen. Passt zu gebratenem Gemüse, Fleisch und Fisch.

Amerikanische Barbecuesauce

Schwedische Dill-Senf-Sauce

Israelischer Hummus

Englische Minzesauce

Italienisches Pesto

Griechisches Tsatziki

Blitzsauce zu Kurzgebratenem

Ob Sie ein Steak auf den Punkt genau oder ein Fischfilet braten – stets bleibt in Topf oder Pfanne etwas Bratensatz zurück. Er bildet die beste Grundlage für eine kleine Sauce.

1

2

3

4 Filetsteaks (je etwa 150 g)
2 EL Öl | Salz | Pfeffer
50–80 ml Alkohol (z. B. Cognac, Weinbrand, Rotwein, Sherry, Portwein, Madeira – ersatzweise Rinderfond)
1/8 l Rinderfond (aus dem Glas)
150 g Sahne oder Crème fraîche

Für 4 Personen | 30 Min. Zubereitung
Pro Portion ca. 385 kcal, 33 g EW, 24 g F, 1 g KH

1 Die Steaks trockentupfen. In einer schweren Pfanne das Öl stark erhitzen, ohne dass es raucht. Steaks in das heiße Fett geben und 1 Min. von jeder Seite anbraten. Hitze auf mittlere Stufe zurückschalten und das Fleisch noch 3–4 Min. von jeder Seite weiterbraten. Fleisch mit Salz und Pfeffer würzen (Bild 1). Aus der Pfanne nehmen und in Alufolie gewickelt warm stellen.

2 Restliches Bratfett vorsichtig aus der Pfanne abgießen. Den Bratenfond mit so viel Alkohol, z. B. Cognac, Weinbrand oder Rotwein ablöschen, dass der Boden gerade eben 2–3 mm bedeckt ist (Bild 2). Die Flüssigkeit fast ganz einkochen lassen.

3 Dann mit dem Fond auffüllen und bei starker Hitze offen etwas einkochen lassen. Sahne oder Crème fraîche dazugeben und bei mittlerer Hitze unter Rühren in 3–5 Min. eindicken lassen (Bild 3). Mit Salz und Pfeffer abschmecken. Den Fleischsaft, der während des Warmhaltens ausgetreten ist, unter die Sauce rühren.

VARIANTE – BUTTERSAUCE

Auch Butter passt gut zu dem konzentrierten Fond. Dazu einfach 100 g kalte Butterstückchen nach und nach statt der Sahne oder Crème fraîche unter die Sauce ziehen. Sofort servieren.

Varianten zum Grundrezept

Aus einem Bratfond, hell oder dunkel, lassen sich mit wenigen Ideen und Zutaten weitere Saucen komponieren. Das Prinzip ist immer das gleiche: Ein Stück Fleisch, Geflügel oder Fisch anbraten. Warm stellen, während man die Sauce macht, und anschließend mit der Sauce servieren. Hier drei feine Saucen-Kreationen, die jeweils für 4 Personen reichen.

Zitronensahne Braten Sie Fischfilet, Garnelen, Kalbsmedaillons oder Hähnchenbrust. Das ist die Basis für diese helle Sauce.
1 Bio-Zitrone heiß waschen, abtrocknen, die Schale dünn abschälen und in sehr feine Streifen schneiden oder mit einem Zestenreißer in Streifen abziehen. 1 Schalotte und 1 Knoblauchzehe schälen und fein hacken. 30 g Butter im Bratensatz schmelzen, Schalotten und Knoblauch darin andünsten. Die Zitronenschale kurz mitbraten. Mit 1/8 l Fisch-, Hühner- oder Kalbsfond und 200 g Sahne ablöschen und bei mittlerer Hitze in 5 Min. offen einkochen lassen. Die Sauce mit Salz und Pfeffer abschmecken. Vom Herd nehmen, 2 EL grob gehackten Estragon (ersatzweise Petersilie) untermischen.

Balsamico-Rosmarin-Sauce Wenn Sie Hirschsteaks, Lammkoteletts oder ein Entenbrustfilet in der Pfanne brutzeln, können Sie aus dem kräftigen Bratensatz diese raffinierte Sauce zubereiten.
1 kleine Zwiebel und 1 Knoblauchzehe schälen und fein würfeln. 1 Möhre und 1/2 Stange Sellerie schälen oder putzen und in kleine Würfel schneiden. Fett vom Bratsatz abgießen. 1 EL Öl erhitzen, Gemüse darin kurz andünsten. Mit 1/4 l Wild- oder Rinderfond, 1/8 l Portwein und 50 ml Aceto balsamico aufgießen und 1 Rosmarinzweig dazugeben. Flüssigkeit bei starker Hitze auf die Hälfte einkochen lassen, dann durch ein feines Sieb gießen. Erneut aufkochen. 100 g eiskalte Butter in Stückchen mit dem Schneebesen unterziehen, die Sauce nicht mehr kochen lassen. Mit Salz und Pfeffer abschmecken. Statt mit Butter können Sie die Sauce auch mit 3 EL Crème fraîche abrunden.

Asiatische Erdnuss-Sauce Braten Sie Putenschnitzel, Hähnchenbrustfilet oder Schweinefilet und schon haben Sie die perfekte Grundlage für diese Sauce. Sie ist übrigens die klassische Begleitung zu Satéspießen. 1 Schalotte, 2 Knoblauchzehen, 1 Stück frischer Ingwer (1 cm) und 1 frische, kleine rote Chilischote putzen oder schälen und winzig klein würfeln. 1 EL Erdnussöl im entfetteten Bratensatz erhitzen. Schalotte, Knoblauch, Ingwer und Chili darin anrösten. Mit 1/8 l Hühnerfond oder -brühe und 200 g Kokosmilch (Dose) ablöschen. Bei milder Hitze 5 Min. leicht köcheln lassen. 100 g Erdnussbutter mit Stückchen (Crunchies), 2–3 TL Sojasauce und 1/2 TL Garnelenpaste (Asienladen) unterrühren und 2 Min. köcheln lassen, bis die Sauce heiß und eingedickt ist. Mit 1/2 TL Zucker, Pfeffer und 1–2 TL Limettensaft abschmecken.

klassisch & cremig

Im Frühling bin ich ganz scharf auf Bärlauch. Weil in dem Wildkraut ein leichter Hauch von Knoblauch steckt, der mich immer wieder zu neuen reizvollen Rezepten inspiriert. Bärlauch in einer sahnigen Béchamelsauce, unter Pasta gemischt, ist einfach der Hit: die beste Mehlschwitzen-Version, die man sich vorstellen kann.

Bärlauchsauce

100 g Bärlauch
2 Schalotten
40 g Butter
2 EL Mehl
150 ml trockener Weißwein oder Gemüsebrühe
150 g Sahne
Salz | Pfeffer
frisch geriebene Muskatnuss
2–3 TL frisch gepresster Zitronensaft

Für 4 Personen | 30 Min. Zubereitung
Pro Portion ca. 255 kcal, 2 g EW, 20 g F, 9 g KH

1 Den Bärlauch waschen, trockenschütteln, Blätter von den Stängeln zupfen und grob hacken. Schalotten schälen, fein würfeln und in einer Pfanne in 1 EL Butter andünsten. Bärlauch dazugeben und 1 Min. mitdünsten, bis die Blätter zusammengefallen sind. Vom Herd nehmen.

2 Übrige Butter in einem Topf erhitzen, Mehl zugeben und unter ständigem Rühren mit dem Schneebesen 2 Min. erhitzen. Wein oder Brühe und Sahne angießen, die Sauce aufkochen und bei mittlerer Hitze 10 Min. offen köcheln lassen, bis sie angedickt ist. Hitze reduzieren, Bärlauch-Mix zugeben. Mit Salz, Pfeffer, Muskat und Zitronensaft abschmecken.

AUSTAUSCH-TIPP

Außerhalb der Saison den Bärlauch durch Schnittknoblauch (Asienladen) ersetzen.

gästefein | mild & edel

Béchamelsauce mit Safran

Fischfond, Weißwein und Safran verleihen der Sauce ein feines Aroma. So wird sie zum idealen Begleiter von Edelfischen und Krustentieren.

1 Schalotte | 1 Möhre
1 EL Butter
1 Döschen gemahlener Safran (0,1 g)
1 EL Mehl
4 EL trockener Weißwein (ersatzweise Fischfond)
300 ml Fischfond (Rezept S. 29 oder Glas)
150 g Crème fraîche
Salz | weißer Pfeffer
2 TL frisch gepresster Zitronensaft

Für 4 Personen | 30 Min. Zubereitung
Pro Portion ca. 190 kcal, 5 g EW, 16 g F, 5 g KH

1 Die Schalotte schälen, die Möhre putzen und schälen und beides sehr fein würfeln.

2 Die Butter zerlassen, Schalotte und Möhre darin 3 Min. dünsten. Safran einrühren und kurz andünsten. Mehl darüber stäuben und unter Rühren 4–5 Min. anschwitzen. Mit dem Wein ablöschen, bei starker Hitze unter Rühren verdampfen lassen. Den Fond angießen und unter Rühren aufkochen lassen. Crème fraîche einrühren und alles 15 Min. bei milder Hitze offen köcheln lassen. Die Sauce mit Salz, Pfeffer und Zitronensaft abschmecken.

UND DAZU?

Gedünsteter oder pochierter Edelfisch, z. B. Seezunge oder Krustentiere. Schmeckt auch zu kurzgebratenem Geflügel oder Kalbfleisch. Dann den Fischfond durch Hühner- oder Kalbsfond ersetzen.

VARIANTE – MEERRETTICHSAUCE

Für den Klassiker aus Wien 1 Schalotte schälen, fein würfeln und in 1 EL zerlassener Butter andünsten. 1 EL Mehl einrühren und unter Rühren bei milder Hitze 4–5 Min. anschwitzen. Mit 400 ml Kalbs- oder Rinderfond (Rezept S.29 oder Glas) ablöschen und aufkochen. 150 g Sahne zugießen und bei milder Hitze 15 Min. offen köcheln lassen. Die Sauce mit 1 EL frisch gepresstem Zitronensaft verfeinern, salzen und pfeffern. 80 g frisch geriebenen Meerrettich (oder aus dem Glas) unterrühren. Zu gekochtem Fleisch, z. B. Tafelspitz, pochiertem Seefisch oder hart gekochten Eiern servieren.

VARIANTE – ROTE ZWIEBELSAUCE

Eine überraschende Kombination: 400 g kleine rote Zwiebeln schälen und in feine Streifen schneiden. In je 1 EL Butter und Öl in einer großen Pfanne 3 Min. andünsten. 1 Knoblauchzehe dazupressen. Von 4 Zweigen Thymian die Blättchen abzupfen, hacken und mit 1 TL Zucker unterrühren. Die Zwiebeln zugedeckt bei mittlerer Hitze weitere 7 Min. dünsten. 1 EL Mehl darüber stäuben und anschwitzen. 1/8 l Rotwein und 3/8 l Gemüse- oder Hühnerbrühe angießen, aufkochen und bei mittlerer Hitze 10 Min. offen sanft kochen lassen. Mit Salz und Pfeffer abschmecken. Passt zu Bratwürsten, Lamm- oder Schweinekoteletts und Kartoffelpüree. Für eine goldbraune Sauce statt der roten Zwiebeln braune nehmen und den Rotwein durch Cidre oder Apfelwein ersetzen.

A B

gelingt leicht

Spinat-Creme

Zarter Spinat mit Mascarpone – Ideal-Kombination für eine schnelle Sauce.

250 g junger Blattspinat
1 kleine Zwiebel | 1 kleine Knoblauchzehe
1 EL Olivenöl
⅛ l Gemüsebrühe
1 EL frisch gepresster Zitronensaft
Salz | Pfeffer | frisch geriebene Muskatnuss
200 g Mascarpone

Für 4 Personen | 25 Min. Zubereitung
Pro Portion ca. 280 kcal, 4 g EW, 27 g F, 4 g KH

1 Spinat waschen, putzen und abtropfen lassen. Zwiebel und Knoblauch schälen und fein würfeln.

2 Das Öl in einer Pfanne erhitzen, Zwiebel und Knoblauch darin glasig dünsten. Spinat zugeben und zugedeckt bei mittlerer Hitze in 1–2 Min. zusammenfallen lassen. Brühe und Zitronensaft angießen, 5 Min. dünsten, ab und zu umrühren.

3 Den Spinat mit Salz, Pfeffer und Muskat würzen. Mascarpone unter den Spinat mischen und so lange bei milder Hitze offen köcheln, bis er zerlaufen und die Sauce heiß genug ist. Mit Salz und Pfeffer würzen.

UND DAZU?

Spaghetti oder Penne, gedünstetes oder gedämpftes Gemüse, Pellkartoffeln.

SPEED-TIPP

Statt frischem Spinat 250 g gehackten TK-Spinat nehmen. Mit der Brühe 10–15 Min. dünsten, ab und zu umrühren.

Klassiker | für Käse-Fans

Sauce Mornay

Käse, Eigelb und Sahne machen aus einer Sauce Béchamel eine hochfeine Creme.

30 g Butter | 2 EL Mehl | ½ l Milch
Salz | Pfeffer | frisch geriebene Muskatnuss
2 Eigelbe | 50 g Sahne
75 g geriebener Emmentaler

Für 4 Personen | 30 Min. Zubereitung
Pro Portion ca. 300 kcal, 12 g EW, 23 g F, 10 g KH

1 Die Butter zerlassen, aber nicht braun werden lassen. Das Mehl darüber stäuben und bei mittlerer Hitze 2–3 Min. unter Rühren hellgelb anschwitzen. Die Milch auf einmal dazugießen, dabei mit dem Schneebesen ständig weiterrühren. Aufkochen und bei milder Hitze halb zugedeckt 15 Min. köcheln lassen.

2 Die Sauce mit Salz, Pfeffer und Muskat würzen. Eigelbe und Sahne verrühren und mit wenig heißer Sauce vermischen, unter die übrige Sauce rühren. Den Käse unterziehen und bei milder Hitze andicken, aber nicht mehr kochen lassen, bis sich der Käse aufgelöst hat.

UND DAZU?

Servieren Sie dazu Fisch oder helles Fleisch, gedünstetes oder blanchiertes Gemüse, z. B. Möhren, Blumenkohl, Brokkoli. Oder verwenden Sie die Sauce Mornay zum Überbacken für ein Gemüse-Gratin.

GUT ZU WISSEN

Die Sauce Mornay gehört zum Repertoire der klassischen französischen Küche. Sie wurde nach Philippe de Mornay (1549–1623), einem französischen Staatsmann, benannt.

links: Sauce Mornay | rechts: Spinat-Creme

fruchtig-scharf

Orangensauce mit Chili

Ein Hauch von Karibik: Die Sauce wird mit Chili, Zimt und Piment raffiniert gewürzt. So entsteht ein feuriges Vergnügen!

2 frische, rote Chilischoten
1 Schalotte
1 Bio-Orange
1 EL Butter
1 EL Mehl
350 ml Hühner- oder Gemüsefond
(Rezept S. 29 oder Glas)
2 EL süß-scharfe Chilisauce
¼ TL Zimtpulver
¼ TL gemahlener Piment
Salz | Pfeffer
1 Frühlingszwiebel

Für 4 Personen | 40 Min. Zubereitung
Pro Portion ca. 225 kcal, 9 g EW, 10 g F, 27 g KH

1 Die Chilischoten längs aufschlitzen, abbrausen und entkernen. Schalotte schälen und beides fein würfeln. Die Orange heiß waschen, abtrocknen und die Schale mit einem Zestenreißer in feinen Spänen abziehen, den Saft auspressen.

2 Die Butter erhitzen, Schalotten und Chilischoten darin 3 Min. andünsten. Mit Mehl bestäuben und unter Rühren 2 Min. anschwitzen, aber nicht bräunen. Fond, Orangensaft und Chilisauce dazugeben, aufkochen und 15 Min. bei schwacher Hitze offen köcheln lassen. Hin und wieder umrühren.

3 Die Orangenschale einrühren, die Sauce mit Zimt, Piment, Salz und Pfeffer abschmecken. Die Frühlingszwiebel waschen, putzen und nur das Grüne in feine Ringe schneiden, unterrühren.

UND DAZU?

Gebratenes Hähnchen- oder Entenbrustfilet, auch Kasseler und Lammsteaks harmonieren hervorragend mit der fein-süßlichen Sauce.

AUSTAUSCH-TIPP

Wer es lieber herb-fruchtig mag, kann die Orange gegen eine rosa Grapefruit austauschen. Dann würzen Sie die Sauce mit den Schalenstreifen einer Bio-Limette oder -Zitrone, denn Grapefruits sind in der Regel behandelt.

VARIANTE – KOKOS-LIMETTEN-SAUCE

Macht Thai-Fans glücklich: 1 Schalotte und 1 Stück frischen Ingwer (1 cm) schälen, 1 frische, kleine, rote Chilischote putzen. Alle drei Zutaten fein würfeln und in 1 EL zerlassener Butter kurz andünsten. Mit 2 EL Mehl bestäuben und unter Rühren 3–4 Min. anschwitzen. 300 g Kokosmilch (Dose) und 100 ml kräftige Hühnerbrühe angießen, aufkochen und rühren, bis die Sauce sämig ist. Bei mittlerer Hitze offen 10 Min. kochen lassen. Dann die Sauce mit der fein abgeriebenen Limettenschale und 2 EL Limettensaft, 1 EL Fischsauce (Asienregal) sowie etwas Salz und Pfeffer abschmecken. Noch weitere 5 Min. köcheln lassen. Die Sauce mit 1/2 Bund grob gehacktem Koriandergrün bestreuen. Dazu Fischfilet oder Meeresfrüchte und Reis servieren.

1

2

3

4

5

Klassiker aus Frankreich | gästefein

Sauce Hollandaise

Die samtige Buttersauce ist einfach gemacht und schmeckt grandios. Besser kann man feine Gemüse wie Spargel und Artischocken oder pochierten Fisch nicht ergänzen.

250 g Butter
3 Eigelbe
4 EL trockener Weißwein oder Wasser
Salz | Pfeffer
1–2 EL frisch gepresster Zitronensaft

Für 4 Personen | 20 Min. Zubereitung
Pro Portion ca. 535 kcal, 3 g EW, 57 g F, 1 g KH

1 Die Butter würfeln, in einen Topf geben und bei milder Hitze schmelzen (Bild 1).

2 Die Butter bei nicht zu starker Hitze 10 Min. offen köcheln lassen, bis sich die Molke abgesetzt hat und die Butter klar wird. Die abgesetzte Molke mit einer Schaumkelle abschöpfen (Bild 2).

3 Einen mittelgroßen Topf 2–3 cm hoch mit Wasser füllen, Wasser zum Köcheln bringen. Eigelbe, Wein oder Wasser und 1 Prise Salz in eine Schlagschüssel geben und diese auf den Topf mit dem Wasser stellen. Sie darf nicht mit dem Wasser in Berührung kommen.

4 Die Eigelbmasse im heißen Wasserbad mit dem Schneebesen in 2–3 Min. zu einer weißen dickschaumigen Creme aufschlagen (Bild 3).

5 Die Butter zuerst tropfenweise, dann in dünnem Strahl unter die Creme schlagen (Bild 4). Die Sauce mit Salz, Pfeffer und Zitronensaft abschmecken.

UND DAZU?

Klassisch wird die Sauce Hollandaise zu Spargel gereicht. Doch schmeckt sie auch zu anderem feinem Gemüse wie Artischocken, Brokkoli und jungen Kartoffeln umwerfend, ebenso zu Fisch und Krustentieren. Auch zu Schinken und Geflügelbrüstchen passt sie wunderbar!

SERVIER-TIPP

Die Hollandaise können Sie fertig stellen, bevor Sie Gemüse, Fisch- oder Fleischbeilagen zubereiten. Bis zum Servieren im Wasserbad unter gelegentlichem Rühren warm halten.

VARIANTE — KRÄUTER-JOGHURT-HOLLANDAISE

Wer Kalorien einsparen möchte, kann die Hälfte der Butter durch 150 g Magermilchjoghurt ersetzen. Die Mischung im heißen Wasserbad (Grundrezept) schaumig aufschlagen. Zusätzlich 2 EL gehackte Kräuter, z. B. Basilikum, Petersilie oder Kerbel unterheben.

VARIANTE – SAUCE BÉARNAISE

1 Schalotte sehr fein würfeln. 5 weiße Pfefferkörner zerdrücken. Beides in 4 EL Estragon- oder Weißweinessig köcheln, bis dieser auf etwa 1 EL reduziert ist. Abseihen und abkühlen lassen. Eigelbe, Wein oder Wasser und Würzfond im Wasserbad (Grundrezept) zu einer dicken Creme aufschlagen. Flüssige, geklärte Butter nach und nach unterschlagen. Sauce mit Salz, Cayennepfeffer und Zitronensaft abschmecken. Von 2–3 Zweigen Estragon Blättchen abzupfen, sehr fein hacken und dazugeben.

VARIANTE – ORANGEN-HOLLANDAISE

Die Eigelbe statt mit Wein mit Orangensaft aufschlagen, fein abgeriebene Orangenschale darunter heben. Mit Cayennepfeffer und 1 EL Himbeeressig abschmecken. Dazu schmeckt Spargel.

mild | richtiger Kinderhit

Ajvar-Hollandaise

Saure Sahne macht die Sauce leicht, durch die rote Paprikapaste wird sie süßlich-mild.

125 g Butter | 2 Eigelbe
1 EL Weißweinessig
Salz | Pfeffer
150 g saure Sahne
2–3 EL milder Ajvar (rote Paprikapaste aus dem Glas)

Für 4 Personen | 20 Min. Zubereitung
Pro Portion ca. 325 kcal, 3 g EW, 33 g F, 3 g KH

1 Die Butter in einer Kasserolle erhitzen, die Molke nach Belieben mit einem Schaumlöffel abheben.

2 Einen mittelgroßen Topf 5 cm hoch mit Wasser füllen und zum Köcheln bringen.

3 Die Eigelbe in eine runde Edelstahl- oder Schlagschüssel geben und diese auf den Topf mit dem Wasser stellen. Die Schüssel darf nicht mit dem Wasser in Berührung kommen. Essig, Salz und Pfeffer dazugeben und alles gründlich verrühren. Nach und nach die zerlassene Butter und die saure Sahne mit dem Schneebesen gut unterrühren. Zum Schluss den Ajvar untermixen. Die Sauce mit Salz und Pfeffer abschmecken.

UND DAZU?
Wunderbar: Gebratenes Fischfilet und Pellkartoffeln

AUSTAUSCH-TIPP
Würzen Sie die Sauce mal mit scharfem Ajvar – schon verwandelt sie sich in einen feurigen Genuss.

edel

Beurre marron

Feine Buttersauce in braunem Gewand – getrocknete Steinpilze verleihen ihr Farbe und Aroma.

10 g getrocknete Steinpilze | 1 Schalotte
2 TL Aceto balsamico | 2 EL trockener Sherry (Fino)
80 ml Rinderfond (Rezept S. 29 oder Glas)
Salz | Pfeffer | 150 g eiskalte Butter

Für 4 Personen
35 Min. Zubereitung | 20 Min. Quellen
Pro Portion ca. 300 kcal, 1 g EW, 31 g F, 2 g KH

1 Die Steinpilze kalt abbrausen, abtropfen lassen und in einer kleinen Schüssel mit ⅛ l kochend heißem Wasser übergießen. Für 20 Min. zum Quellen beiseite stellen.

2 Pilze in ein Sieb abgießen, Einweichwasser dabei auffangen. Pilze fein hacken und beiseite stellen. Schalotte schälen und sehr fein würfeln. Mit Essig, Pilzsud, Sherry und Fleischfond in einen kleinen Topf geben und bei starker Hitze in 10 Min. auf die Hälfte einkochen lassen. Dann durch ein feines Sieb gießen.

3 Die aufgefangene Sauce erneut aufkochen lassen, mit Salz und Pfeffer würzen. Die eiskalte Butter in Flöckchen schneiden und mit dem Schneebesen unterrühren, bis die Sauce eine samtig-weiche Konsistenz hat. Gehackte Pilze unterrühren. Die Sauce nicht mehr kochen lassen.

UND DAZU?
Schmeckt perfekt zu Gemüse, kurz gebratenem Fleisch wie Rinderfilet, Kalbs- oder Rehmedaillons.

oben: Ajvar-Hollandaise | unten: Beurre marron

cremig-nussig

Gorgonzola-Sauce

300 g Sahne | 6 EL Milch | 150 g Gorgonzola | 1 EL frisch gepresster Zitronensaft | Salz | Pfeffer | 75 g Walnusskerne | ½ Bund glatte Petersilie

Für 4 Personen | 20 Min. Zubereitung
Pro Portion ca. 510 kcal, 13 g EW, 48 g F, 7 g KH

1 Die Sahne mit der Milch in einen Topf geben und unter Rühren langsam erhitzen. Gorgonzola in kleine Stücke schneiden, in die Sahne hineinlegen und bei sanfter Hitze unter Rühren schmelzen lassen. Mit Zitronensaft, Salz und Pfeffer abschmecken.

2 Die Walnüsse fein hacken. Petersilie abbrausen, trockenschütteln, Blättchen abzupfen und ebenfalls fein hacken. Nüsse und Petersilie unter die Sauce rühren, vorsichtig erhitzen. Mit Nudeln wie Penne, Tagliatelle oder mit Gnocchi servieren.

AROMA-TIPP

Die Nüsse in einer Pfanne ohne Fett anrösten, bevor sie in die Sauce kommen.

scharfer Klassiker

Grüne Pfeffersahne

1 Schalotte | 1 EL Butter | 400 ml Hühner- oder Kalbsfond (Rezept S. 29 oder Glas) | 100 ml Weißwein (ersatzweise Fond) | 200 g Sahne | 2 EL eingelegte grüne Pfefferkörner | Salz | Pfeffer | 1–2 TL Aceto balsamico

Für 4 Personen | 25 Min. Zubereitung
Pro Portion ca. 395 kcal, 11 g EW, 26 g F, 26 g KH

1 Die Schalotte schälen und fein würfeln. Butter erhitzen, Schalotte darin glasig dünsten. Fond und Wein dazugießen und bei mittlerer Hitze 8–10 Min. offen auf etwa ein Drittel einkochen lassen.

2 Sahne einrühren. Abgetropfte Pfefferkörner untermischen. Alles bei milder Hitze 5 Min. köcheln lassen, bis die Sauce cremig ist. Mit Salz, Pfeffer und Essig würzen. Zu Rindersteaks, Lammkoteletts oder Entenbrust servieren.

frühlingshaft

Spargelrahmsauce

350 g weißer Spargel | 1 kleine Zwiebel | 1 EL Butter | Salz | Pfeffer | 1/4 TL Zucker | 1/4 l Gemüsefond oder -brühe | 125 g Sahne | 1 EL Orangensaft | 1 Handvoll Kerbel

Für 4 Personen | 45 Min. Zubereitung
Pro Portion ca. 150 kcal, 3 g EW, 13 g F, 5 g KH

1 Spargel waschen, schälen und putzen. Die Stangen schräg in dünne Scheiben schneiden. Zwiebel schälen und fein würfeln. Butter in einem Topf zerlassen, Zwiebel und Spargel darin andünsten. Mit Salz, Pfeffer und Zucker würzen. Fond oder Brühe dazugießen, aufkochen und zugedeckt 12–15 Min. köcheln.

2 Ein Drittel vom Spargel herausheben und beiseite stellen. Übrigen Spargel fein pürieren. Sahne unterrühren und etwas einkochen lassen. Mit Salz, Pfeffer und Orangensaft abschmecken. Spargelstücke untermischen. Kerbel waschen, trockenschütteln, abzupfen und darüber streuen. Passt zu Kalbsmedaillons, Geflügel, Schweinefilet, Fisch oder Schinken-Nudeln.

aus dem Vorrat

Basilikum-Erbsen-Sahne

1 Zwiebel | 2 EL Olivenöl | 1 Knoblauchzehe | 150 g TK-Erbsen | 1/4 l Gemüsefond oder -brühe | 250 g Sahne | 1–2 TL frisch gepresster Zitronensaft | Salz | Pfeffer | 6–8 Stiele Basilikum

Für 4 Personen | 25 Min. Zubereitung
Pro Portion ca. 295 kcal, 4 g EW, 26 g F, 10 g KH

1 Die Zwiebel schälen und fein würfeln. Öl erhitzen, Zwiebel darin glasig dünsten. Knoblauch schälen und dazupressen. Erbsen hinzufügen und unter Rühren bei mittlerer Hitze in 3–4 Min. auftauen lassen.

2 Fond oder Brühe und Sahne angießen, aufkochen und offen bei mittlerer Hitze 5 Min. einkochen lassen. Dann die Erbsen in der Sauce pürieren und weitere 5 Min. einkochen lassen. Mit Zitronensaft, Salz und Pfeffer abschmecken. Basilikumblätter abzupfen und abreiben, in die Sauce geben und mit dem Pürierstab kurz untermixen. Mit den übrigen Basilikumblättern garnieren. Dazu Ravioli, Tortellini, Tagliatelle oder andere Pastasorten servieren.

leicht & pikant

Dass ich gern asiatisch koche, merkt man dieser unkomplizierten Sauce sofort an. Sie vereinigt alles, was fernöstliche Genüsse so unwiderstehlich macht: saftige Pflaumen, Sojasauce, fünferlei Gewürze und frischen Ingwer. Zudem hat sie eine leicht süßliche Note, so dass man von dieser Art »Ketchup« einfach nicht genug kriegen kann.

Süßsaure Pflaumensauce

300 g reife blaue Pflaumen (ersatzweise Zwetschgen oder 150 g entsteinte Backpflaumen)
2 Knoblauchzehen
1 Stück frischer Ingwer (ca. 1 cm)
1 EL Öl
2 EL brauner Zucker
2 EL Sojasauce
2 EL trockener Sherry (Fino)
1–2 EL Obstessig
½ TL Fünf-Gewürze-Pulver
Salz | Pfeffer

Für 4 Personen | 40 Min. Zubereitung
Pro Portion ca. 100 kcal, 1 g EW, 3 g F, 15 g KH

1 Die Pflaumen waschen, halbieren, entsteinen und grob hacken. Knoblauch und Ingwer schälen, fein würfeln und im heißen Öl andünsten. Pflaumen und Zucker einrühren, kurz darin wenden. Sojasauce, Sherry, Essig, 4 EL Wasser und Gewürze-Pulver hinzufügen. Alles aufkochen und offen bei mittlerer Hitze unter gelegentlichem Rühren 30 Min. köcheln lassen, bis die Pflaumen zerfallen sind.

2 Die Sauce im Mixer oder mit dem Pürierstab zerkleinern. Mit Salz und Pfeffer abschmecken.

UND DAZU?

Zu gegrilltem oder gebratenem Fleisch, z. B. Hähnchen-, Puten- oder Entenbrust servieren, als Dip zu Garnelen und Frühlingsrollen.

VORRATS-TIPP

Die Sauce heiß in Gläser füllen, gut verschließen. So hält sie sich gekühlt 2–3 Monate.

Klassiker

Cumberland-Sauce

Herb-fruchtig und mit Wild, kaltem Braten oder Pasteten ein tolles Duo.

1 Bio-Orange | ½ Bio-Zitrone
6 EL Rotwein
1 Schalotte
250 g Rotes Johannisbeergelee
75 ml Portwein | ½ TL Senfpulver
1 Prise Ingwerpulver | 1 Prise Cayennepfeffer

Für 4 Personen
30 Min. Zubereitung | 1–2 Std. Ruhen
Pro Portion ca. 210 kcal, 0 g EW, 0 g F, 43 g KH

1 Orange und Zitrone heiß waschen und abtrocknen. Die Schale mit einem Zestenreißer abziehen oder hauchdünn abschneiden und in sehr feine Streifen schneiden. Saft beider Zitrusfrüchte auspressen. Die Schalenstreifen im Rotwein 3 Min. köcheln lassen, dann vom Herd nehmen.

2 Die Schalotte schälen und fein würfeln. Mit dem Johannisbeergelee, Portwein, Orangen- und Zitronensaft in einen kleinen Topf geben. Mit Senf- und Ingwerpulver sowie Cayennepfeffer verrühren. Aufkochen und bei milder Hitze in 10 Min. offen sirupartig einkochen lassen. Rotwein-Mischung einrühren, noch 2 Min. köcheln lassen. Die Sauce bis zum Servieren 1–2 Std. ziehen lassen.

PRÄSENT-TIPP
Verschenken Sie selbst gemachte Cumberland-Sauce hübsch verpackt in einem Schraubglas. Im Kühlschrank hält sie sich 14 Tage.

fruchtig | preiswert

Apfel-Majoran-Sauce

Aus schlichten Zutaten entsteht eine perfekte Sauce voller Apfelgeschmack.

450 g säuerliche Äpfel (z. B. Boskop, Elstar)
1 Zwiebel | 1 Knoblauchzehe
3 Zweige Majoran
2 EL Butter
100 ml trockener Cidre (ersatzweise Brühe)
¼ l Hühner- oder Gemüsebrühe
3 EL Crème fraîche
Salz | Pfeffer
1–2 TL frisch gepresster Zitronensaft

Für 4 Personen | 40 Min. Zubereitung
Pro Portion ca. 290 kcal, 6 g EW, 15 g F, 32 g KH

1 Die Äpfel vierteln, schälen und entkernen. Zwiebel schälen und fein würfeln. Knoblauch schälen. Majoranzweige abbrausen und trockenschütteln. Einige Blättchen zum Garnieren abzupfen.

2 Die Butter erhitzen, Zwiebel darin weich dünsten. Äpfel und zerdrückten Knoblauch hinzufügen und unter Rühren 5 Min. leicht bräunen. Cidre, Brühe und Majoranzweige dazugeben und aufkochen lassen. Bei schwacher Hitze 10 Min. im offenen Topf köcheln, bis die Äpfel weich sind.

3 Die Majoranzweige entfernen. Die Mischung mit dem Pürierstab oder mit dem elektrischen Mixer zu einer glatten Sauce verarbeiten. Crème fraîche einarbeiten, mit Salz, Pfeffer und Zitronensaft abschmecken. Warm servieren. Mit den übrigen gehackten Majoranblättchen bestreuen. Dazu Puten- oder Hähnchenfilet oder Schweinekotelett servieren.

links: Apfel-Majoran-Sauce | rechts: Cumberland-Sauce

1

2

3

4

5

basic cooking | für den Vorrat

Dunkler Fleischfond

Gut Ding will Weile haben: Kalbs- und Rinderknochen, goldbraun geröstet und in Ruhe ausgekocht, sind das Geheimnis eines kräftigen Fleischfonds und die Grundlage einer perfekten aromatischen Sauce.

1 kg gehackte Kalbs- und Rinderknochen mit Haut, Sehnen, Knorpel und Fleischabschnitten (am besten beim Metzger vorbestellen)
2 EL Öl oder Butterschmalz
1 Möhre | 1 Stange Staudensellerie | 1 Tomate
1 Zwiebel | 1 Knoblauchzehe
3 Zweige Petersilie | 1 Lorbeerblatt
2 EL Tomatenmark | 1 TL weiße Pfefferkörner
1/8 l Rotwein

Für etwa 1 Liter
50 Min. Zubereitung | 2 1/2 Std. Garen
Pro 1/4 l ca. 95 kcal, 1 g EW, 6 g F, 4 g KH

1 Die Knochen waschen und trockentupfen. Öl oder Schmalz in einem breiten Schmortopf erhitzen. Die Knochen darin 10 Min. unter mehrmaligem Wenden anbraten, bis alle schön gebräunt sind (Bild 1). Eine Schöpfkelle heißes Wasser darüber gießen und den Bratensatz damit lösen. Nochmals so lange braten, bis das Wasser verdampft ist.

2 Inzwischen Möhre, Sellerie und Tomate waschen und putzen oder schälen, alles drei grob zerkleinern. Zwiebel und Knoblauch schälen und grob hacken. Petersilie abbrausen.

3 Gemüse, Petersilie und Lorbeer in den Topf geben und ebenfalls bräunen. Tomatenmark und zerdrückte Pfefferkörner einrühren, noch 5 Min. rösten. Wein zugießen (Bild 2), Bratensatz lösen und die Flüssigkeit völlig verdampfen lassen.

4 2 l heißes Wasser angießen und den Bratensatz lösen. Bei milder Hitze mindestens 2 1/2 Std. kochen lassen, davon 1 Std. offen (Bild 3). Schaum zwischendurch abschöpfen. Fond durch ein feines Sieb gießen (Bild 4), abkühlen lassen und das Fett abheben.

VARIANTE – HELLER KALBS- ODER GEFLÜGELFOND

Für etwa 1 l 1 1/2 kg Kalbsknochen mit Haut und Sehnen und/oder Geflügelklein in 2 EL Butter unter Wenden hell anbraten. 1 Stange Lauch, 1 Stück Sellerie, 1 Möhre und 1 Zwiebel – alles grob zerkleinert – dazugeben und bei mittlerer Hitze andünsten, nicht bräunen lassen. 1/8 l Weißwein angießen und einkochen lassen. Mit 2 l kaltem Wasser auffüllen, 1 Lorbeerblatt und 1 TL weiße Pfefferkörner zufügen. Aufkochen und bei milder Hitze 2 Std. unbedeckt garen. Zum Schluss entfetten.

VARIANTE – FISCHFOND

Für etwa 3/4 l 700 g Fischabfälle (Gräten, Köpfe, Flossen, z. B. von Steinbutt, Seezunge, Zander, Hecht) waschen und grob zerschneiden. 1 Stange Lauch, 1 Petersilienwurzel, 50 g Sellerie, 1 Zwiebel zerkleinern, in 2 EL Butter andünsten. Fischabfälle zugeben, je 2 Zweige Petersilie und Thymian, 1 Lorbeerblatt, 1 TL weiße Pfefferkörner hinzufügen. Mit je 3/4 l Weißwein und Wasser ablöschen, aufkochen und offen 20–30 Min. köcheln. Schaum abschöpfen. Fond durch ein Sieb gießen, erkalten lassen und entfetten.

VORRATS-TIPP

Kochen Sie von dem Sud eine größere Menge. Frieren Sie ihn portionsweise in Eiswürfelbehältern ein.

würzig

Portwein-Sauce

½ l Rinderfond (Rezept S. 29 oder Glas) | ⅛ l roter Portwein | 3 Schalotten | 1 Lorbeerblatt | 1–2 Zweige Thymian | 100 g kalte Butter | Salz | Pfeffer

Für 4 Personen | 30 Min. Zubereitung
Pro Portion ca. 255 kcal, 1 g EW, 21 g F, 6 g KH

1 Fond und 100 ml Portwein in einem Topf verrühren. Schalotten schälen, fein würfeln und Lorbeer und Thymian hinzufügen. Alles bei starker Hitze in 10 Min. im offenen Topf um gut die Hälfte einkochen.

2 Fond durch ein Sieb gießen, nochmals 5 Min. einkochen lassen und vom Herd nehmen. Butter in kleinen Flöckchen nach und nach mit dem Schneebesen unterrühren. Die Sauce nochmals leicht erwärmen. Mit Salz, Pfeffer und übrigem Portwein abschmecken. Zu gepökelter Kalbszunge, Wild, Wildgeflügel, Rindfleisch oder Lamm servieren.

herbstlich | fruchtig

Preiselbeer-Sauce

2 Schalotten | 2 EL Butter | 400 ml kräftiger Rotwein | 200 ml Rinderfond (Rezept S. 29 oder Wildfond aus dem Glas) | 100 ml Orangensaft | 2 Gewürznelken | ½ Zimtstange | 100 g Wildpreiselbeeren (Glas) | Salz | Pfeffer

Für 4 Personen | 30 Min. Zubereitung
Pro Portion ca. 190 kcal, 1 g EW, 4 g F, 21 g KH

1 Die Schalotten schälen und fein hacken. Die Butter zerlassen und die Schalotten darin unter ständigem Rühren andünsten. Wein, Fond und Orangensaft angießen, Nelken und Zimtstange hinzufügen. Alles aufkochen und bei mittlerer Hitze in 15 Min. im offenen Topf um die Hälfte einkochen lassen.

2 Den Fond durch ein Sieb gießen, wieder erhitzen. Preiselbeeren unterrühren, noch 5 Min. einkochen lassen. Mit Salz und Pfeffer abschmecken. Nach Belieben warm oder kalt servieren. Dazu Wild oder Wildgeflügel servieren.

vielseitig

Champignon-Sauce

200 g kleine Champignons | 1 Möhre | 2 Schalotten | 2 EL Butter | 1 EL Mehl | 400 ml Kalbs- oder Hühnerfond (Rezept S. 29 oder Glas) | 100 g Sahne | Salz | Pfeffer | 1–2 TL frisch gepresster Zitronensaft | 2 EL gehackte Petersilie

Für 4 Personen | 30 Min. Zubereitung
Pro Portion ca. 175 kcal, 8 g EW, 13 g F, 6 g KH

1 Pilze putzen, Möhre schälen, beides in dünne Scheiben schneiden. Schalotten schälen und würfeln.

2 Butter in einem Topf erhitzen. Schalotten, Möhren und Pilze darin 3 Min. andünsten. Mehl darüber stäuben, 2 Min. anschwitzen. Fond angießen, unter Rühren aufkochen und die Sauce 10 Min. leicht köcheln lassen. Sahne zufügen, aufkochen und noch 2 Min. kräftig kochen. Sauce mit Salz, Pfeffer und Zitronensaft würzen. Petersilie untermischen. Zu dieser cremig-milden Sauce passen Geflügel, Kalbsfilet, Eier, Kartoffeln oder Gemüse.

indisch inspiriert

Curry-Mango-Sauce

1 kleine reife Mango (etwa 300 g) | 1 Schalotte | 1½ EL Butter | 1–2 EL Currypulver | 2 EL frisch gepresster Zitronensaft | 1/8 l Hühnerfond (Rezept S. 29 oder Glas) | 2 EL Mango Chutney (Fertigprodukt) | 2 EL Crème fraîche | Salz | Cayennepfeffer

Für 4 Personen | 30 Min. Zubereitung
Pro Portion ca. 145 kcal, 3 g EW, 8 g F, 16 g KH

1 Mango schälen, Fruchtfleisch vom Stein schneiden (ca. 200 g) und würfeln. Schalotte schälen, fein würfeln und in der heißen Butter glasig braten. Mango einrühren und andünsten. Mit Curry bestäuben, anschwitzen. Zitronensaft und Fond angießen, Mango Chutney und Crème fraîche einrühren. Aufkochen und alles 10 Min. offen köcheln lassen.

2 Die Sauce mit dem Pürierstab oder im Mixer pürieren, dann durch ein Sieb streichen. Mit Salz und Cayennepfeffer abschmecken. Mit Geflügel, Kalb oder Fisch (bei Fisch den Geflügel- durch Fischfond ersetzen) servieren.

Allroundtalent | für Pasta-Fans

Tomatensauce auf italienische Art

Wer aus reifen Tomaten, aromatischen Kräutern und knusprigem Speck diesen Sugo kocht, wird glückliche Gesichter sehen. Er schmeckt wie bei Mamma: Fantastico!

1 kg vollreife Tomaten
75 g mild geräucherter Bauchspeck
1 große Zwiebel | 1 Knoblauchzehe
1 Zweig Rosmarin | 2–3 Zweige Oregano
3 EL Olivenöl
200 ml Gemüsebrühe
1 Lorbeerblatt | Salz | Pfeffer
2–3 Zweige Basilikum (nach Belieben)

Für 4 Personen | 20–40 Min. Zubereitung
Pro Portion ca. 225 kcal, 3 g EW, 22 g F, 5 g KH

1 Die Tomaten mit kochendem Wasser überbrühen, häuten, vierteln und grob hacken. Speck fein würfeln. Zwiebel schälen und fein hacken. Knoblauch schälen. Rosmarin und Oregano waschen, trockenschütteln, Blättchen abzupfen und grob hacken.

2 Das Öl erhitzen, Speck darin knusprig ausbraten und herausnehmen. Zwiebel im Speckfett glasig braten, Knoblauch dazupressen. Tomaten, Brühe, Lorbeer und Kräuter hinzufügen. Die Sauce bei kleiner Hitze 20–40 Min. offen kochen lassen.

3 Speck dazugeben und die Sauce mit Salz und Pfeffer abschmecken. Nach Belieben die Basilikumblätter abzupfen und über die Sauce streuen.

UND DAZU?

Eigentlich alle Nudeln: Spaghetti, Linguine, Penne, Fusilli. Zusätzlich geriebenen Parmesan oder Pecorino auf die Pasta streuen. Die Tomatensauce schmeckt auch super zu Gnocchi, Fleisch und Gemüse.

SPEED-TIPP

Wenn es schnell gehen muss, statt der frischen Tomaten eine große Dose geschälte Tomaten (800 g Füllgewicht) samt Saft verwenden, die Brühe dann weglassen.

VORRATS-TIPP

Bereiten Sie die doppelte Menge der Sauce zu und frieren Sie die Hälfte davon ein.

VARIANTE – PIKANTE TOMATENSAUCE

Den Speck weglassen. Mit dem Knoblauch noch 1 frische, kleine, rote Chilischote und 3 Anchovisfilets, alles beide fein gehackt, andünsten. Den Sugo zum Schluss mit 2 EL zerdrückten Kapern und 75 g entkernten und fein gehackten schwarzen Oliven anreichern.

VARIANTE – ORIENTALISCHE TOMATENSAUCE

Mit Zwiebel und Knoblauch noch 1–2 fein gewürfelte frische rote Chilischoten andünsten. 250 g frische Aprikosen (ersatzweise 100 g Dörraprikosen) waschen, entsteinen und klein würfeln, mit den Tomaten und der Brühe (Grundrezept) hinzufügen. Die Sauce mit 4 Zweigen gehacktem Thymian, 1 TL gemahlenem Kreuzkümmel und ½ TL rosenscharfem Paprikapulver würzen. Alles 20–30 Min. offen köcheln lassen. Die Sauce mit Salz und Pfeffer abschmecken. ½ Bund gehackte Petersilie aufstreuen. Mit Hähnchen, Lamm und Couscous servieren.

VARIANTE – SAHNIGE TOMATENSAUCE

Die fertige Tomatensauce – ohne Lorbeer und Speck – durchpassieren und mit 100 g Sahne abrunden. Weitere 2–3 Min. köcheln, mit den Speckwürfeln bestreut servieren.

Klassiker aus Italien | braucht Zeit

Sauce Bolognese

Die Sauce gart lange und sanft und verwandelt sich dabei in einen echten Aromaknüller.

2 Stangen Staudensellerie
1 Möhre | 1 Zwiebel | 2 Knoblauchzehen
80 g durchwachsener Räucherspeck
2 EL Butter | 300 g gemischtes Hackfleisch
1/8 l trockener Rotwein oder Fleischbrühe
1 kleine Dose geschälte Tomaten
(400 g Füllgewicht)
Salz | Pfeffer

Für 4 Personen | 60 Min. Zubereitung
Pro Portion ca. 420 kcal, 19 g EW, 33 g F, 7 g KH

1 Den Sellerie waschen und putzen, Möhre, Zwiebel und Knoblauch schälen. Das gesamte Gemüse sowie den Speck sehr fein würfeln.

2 Einen breiten Topf ohne Fett erhitzen. Speckwürfel darin bei mittlerer Hitze braten. Butter zufügen, alle Gemüsewürfel und Hackfleisch einrühren und 3–4 Min. braten, bis das Fleisch grau und krümelig ist. Wein oder Brühe angießen und fast völlig einkochen lassen. Tomaten samt Saft dazugeben und mit einem Kochlöffel zerdrücken. Alles gut vermischen. Mit 1 TL Salz und mit Pfeffer würzen. Die Sauce mindestens 30 Min., besser 1 Std. offen köcheln lassen, bis sie sämig ist.

UND DAZU?
Nudeln aller Art und Gemüse wie Zucchini oder Auberginen servieren. Oder die Bolognese als Füllung für Lasagne, ausgehöhltes Gemüse und Pfannkuchen nehmen.

vegetarisch

Linsensauce

Scharfes aus Indien: rote Linsen werden mit Ingwer, Curry und Koriandergrün zu einer sämigen Sauce eingekocht.

100 g rote Linsen
1/2 TL Kurkuma (Gelbwurz)
300 ml Gemüsebrühe
1 Stück frischer Ingwer (3 cm)
2 Knoblauchzehen | 1 Zwiebel
1 EL Butterschmalz
200 g gehackte Tomaten (Tetrapak oder Dose)
1–2 TL indische Currypaste (Asienladen) | Salz
1/2 Bund Koriandergrün (ersatzweise Petersilie)

Für 4 Personen | 25 Min. Zubereitung
Pro Portion ca. 165 kcal, 8 g EW, 6 g F, 20 g KH

1 Linsen abbrausen, abtropfen lassen und mit dem Kurkuma in der Brühe zugedeckt bei mittlerer Hitze 10–12 Min. köcheln lassen, bis sie weich sind.

2 Inzwischen Ingwer, Knoblauch und Zwiebel schälen und fein hacken. Das Butterschmalz erhitzen, alle drei Zutaten darin 3–4 Min. dünsten. Tomaten und Currypaste zufügen, 2–3 Min. schmoren. Tomaten unter die Linsenmischung ziehen. Salzen und noch 2–3 Min. kochen lassen. Koriandergrün abbrausen, trockenschütteln, abzupfen, hacken und zum Schluss obendrauf streuen.

UND DAZU?
Servieren Sie »Dal« – so nennt man das Gericht in Indien – stilecht mit weißem Basmatireis. Wer mag, kombiniert die Sauce mit gebratenem Fisch oder Hähnchen.

oben: Sauce Bolognese | unten: Linsensauce

Vitamin-Kick

Zucchini-Lauch-Sauce

Idealkombination für die schlanke Küche: Grünes Gemüse in einer geschmeidigen Joghurtsauce.

1 dünne Stange Lauch
150 g Zucchini | 1 Frühlingszwiebel
100 g junger Blattspinat (ersatzweise TK-Ware)
2 EL Butter
100 ml trockener Weißwein oder Gemüsefond
200 ml Gemüsefond (Glas)
100 g Sahne-Joghurt
Salz | Pfeffer | frisch geriebene Muskatnuss
1–2 TL frisch gepresster Zitronensaft

Für 4 Personen | 25 Min. Zubereitung
Pro Portion ca. 120 kcal, 2 g EW, 5 g F, 4 g KH

1 Lauch, Zucchini und Frühlingszwiebel waschen und putzen, alles sehr fein würfeln. Spinat gut waschen, putzen und grob hacken.

2 Die Butter in einer Pfanne erhitzen, Frühlingszwiebel, Lauch und Zucchini darin unter gelegentlichem Wenden 5 Min. andünsten. Spinat hinzufügen, mit Wein und Fond ablöschen und bei starker Hitze in 5 Min. knapp zur Hälfte einkochen.

3 Die Mischung pürieren, in einen kleinen Topf geben. Joghurt unterrühren, mit Salz, Pfeffer, Muskat und Zitronensaft abschmecken. Erhitzen, aber nicht mehr kochen lassen. Zu Nudeln, gebratenem oder gedünstetem Fisch, Geflügel oder Kalbfleisch servieren.

vegetarisch

Chinesische Pilzsauce

Shiitake, Paprika, Ingwer und Hoisinsauce machen Lust auf Asiens Sugo-Variante.

150 g Shiitakepilze (ersatzweise Egerlinge)
1 rote Paprikaschote
1 Stück frischer Ingwer (3 cm)
1 Knoblauchzehe | 2 Frühlingszwiebeln
200 ml Gemüsebrühe | 2 EL Sojasauce
1 EL Reis- oder Obstessig
1 EL Hoisinsauce (Asienladen)
2 TL Sesamöl
1 TL Speisestärke
Salz | Pfeffer | 2 EL Öl

Für 4 Personen | 20 Min. Zubereitung
Pro Portion ca. 225 kcal, 5 g EW, 10 g F, 34 g KH

1 Die Pilze abreiben, Stiele herausschneiden und entfernen, die Pilzhüte blättrig schneiden. Paprikaschote waschen, putzen und in feine Streifen schneiden. Ingwer und Knoblauch schälen und fein würfeln. Frühlingszwiebeln waschen, putzen, das Weiße in kleine Würfel schneiden, das Grüne fein schneiden. Brühe mit Sojasauce, Essig, Hoisinsauce, Sesamöl, Speisestärke, Salz und Pfeffer verquirlen.

2 Das Öl in einer Pfanne erhitzen, Ingwer und Knoblauch darin anbraten. Shiitake und Paprika zufügen und 2 Min. mitbraten. Die Würzsauce angießen, unter Rühren aufkochen und 1–2 Min. köcheln lassen, bis die Sauce dicklich geworden ist. Das Grüne der Frühlingszwiebeln unterrühren. Dazu passen Puten- oder Hähnchenschnitzel, chinesische Eiernudeln (Mie-Nudeln) oder Reis.

oben: Chinesische Pilzsauce | unten: Zucchini-Lauch-Sauce

Dips & Salsas

In Indonesien habe ich gelernt: Dips gehören mitten auf den Tisch, jeder kann sich selbst bedienen und ganz nebenbei wird geplaudert. Mein Vorschlag zum Nachahmen: eine saure Marinade aus grünen Chilis, Essig, Pflaumensauce und Nüssen. Das frische Aroma passt zu Grillfisch genauso perfekt wie zu Fleisch und Nasigoreng.

Saure Chili-Sauce

3–4 grüne Chilischoten
3 Frühlingszwiebeln
6 EL Weißweinessig
2 EL Pflaumensauce (Rezept S. 25 oder aus dem Asienladen)
2 TL Zucker
Salz
2 EL Cashewnusskerne
2 TL Sesamsamen

Für 4 Personen | 20 Min. Zubereitung
Pro Portion ca. 120 kcal, 3 g EW, 6 g F, 15 g KH

1 Die Chilischoten waschen, putzen, aufschlitzen, entkernen und in winzig kleine Würfel schneiden. Frühlingszwiebeln waschen, putzen und ebenfalls sehr fein hacken.

2 Essig und 4 EL Wasser in einem Topf aufkochen lassen. Die Hitze reduzieren, Chilis, Frühlingszwiebeln, Pflaumensauce, Zucker und ½ TL Salz hinzufügen und 5 Min. köcheln lassen, bis die Sauce dicklich wird.

3 Inzwischen die Cashewkerne fein hacken. Mit dem Sesam unter die Sauce mischen, vom Herd nehmen. Abkühlen lassen. Zu gegrilltem oder gebratenem Fleisch, Fisch oder Gemüse servieren.

VORRATS-TIPP

Die Sauce hält sich im Kühlschrank in einem Glas mit Twist-off-Deckel bis zu einer Woche.

Klassiker | blitzschnell

Mayonnaise

Glanzstück aus der kalten Küche: die Emulsion aus Öl und Eigelben ist ganz einfach gemacht und ungeheuer variabel. Sie schmeckt aber auch schon pur köstlich.

3 ganz frische Eigelbe
Salz | Pfeffer
1–2 EL frisch gepresster Zitronensaft
2 TL Dijon-Senf
200 ml neutrales Pflanzenöl

Für 4 Personen | 15 Min. Zubereitung
Pro Portion ca. 420 kcal, 3 g EW, 45 g F, 1 g KH

1 Die Eigelbe in eine Rührschüssel geben. 1 kräftige Prise Salz, 1 EL Zitronensaft und den Senf zufügen. Alles mit dem Schneebesen oder mit den Quirlen des Handmixers schaumig schlagen (Bild 1).

2 Zuerst das Öl tropfenweise, dann in dünnem Strahl zugießen und mit dem Schneebesen oder mit den Quirlen des Handmixers auf höchster Stufe unterrühren (Bild 2). So lange rühren, bis eine cremige Mayonnaise entstanden ist. Nach Geschmack mit Salz, Pfeffer und Zitronensaft abschmecken.

UND DAZU?

Viele Gerichte kann man sich ohne Mayonnaise fast nicht vorstellen. So gehört sie ebenso zu kaltem Braten und gebackenem Fisch wie zu Krustentieren, Geflügelsalaten und hart gekochten Eiern.

GUT ZU WISSEN

Mayonnaise können Sie im Voraus herstellen – sie ist 2 Tage im Kühlschrank haltbar. Erst vor Gebrauch würzen und mit Sahne oder Joghurt »schlanker« machen.

VARIANTE – AIOLI

Eine Mayonnaise herstellen (Grundrezept), dabei 50 ml des Öls durch kaltgepresstes Olivenöl ersetzen. 3–4 frische Knoblauchzehen schälen, durchpressen und glatt unterrühren. Mit Salz, Cayennepfeffer und frisch gepresstem Zitronensaft abschmecken. Mit Meeresfrüchten, Fisch und Fischsuppen, Gemüse und Röstkartoffeln servieren oder als Dip zu Rohkost reichen.

VARIANTE – GURKEN-MAYONNAISE

Für 6 Portionen eine Mayonnaise (Grundrezept) zubereiten. ½ Salatgurke (ca. 300 g) schälen, längs halbieren, entkernen und ganz fein würfeln. 1 Bund Dill abbrausen, trockenschütteln, abzupfen und sehr fein hacken. Mayonnaise mit 100 g saurer Sahne vermischen und kräftig durchschlagen. Dill und Gurkenwürfel untermengen. Mit Senf, Salz und Pfeffer würzen. Schmeckt prima zu Räucherlachs, gebratenem oder pochiertem Fisch, kaltem Fleisch.

VARIANTE – ZITRONEN-JOGHURT-MAYONNAISE

Für 6 Portionen eine Mayonnaise (Grundrezept) herstellen. ½ Bio-Zitrone heiß waschen, abtrocknen und die Schale fein abreiben. Mit 150 g fettarmem Joghurt verrühren, dann mit der Mayonnaise vermischen. Diese mit Zitronensaft, Salz und weißem Pfeffer abschmecken. Nach Belieben noch ein paar Tropfen trockenen Sherry untermischen. Zu gebratenem und gegrilltem Fisch, zu Krustentieren oder als Dip zu rohem Gemüse reichen.

1

2

3

für Kräuter-Fans

Remouladensauce

Eine selbst gemachte Mayonnaise-Variante mit Kapern, Sardellen, Cornichons und Kräutern.

3 Cornichons | 1 EL kleine Kapern
4 Sardellenfilets
½ Bund Petersilie | 1 Handvoll Kerbel
2 Zweige Estragon
200 g Mayonnaise (Rezept S. 40)
1 EL mittelscharfer Senf
Salz | Pfeffer | 1 Prise Zucker
1–2 TL frisch gepresster Zitronensaft

Für 4 Personen | 20 Min. Zubereitung
Pro Portion ca. 395 kcal, 4 g EW, 44 g F, 2 g KH

1 Cornichons und Kapern abtropfen lassen, die Gürkchen sehr fein hacken. Sardellenfilets kurz abspülen, trockentupfen und hacken. Kräuter kurz waschen, trockenschütteln, abzupfen und fein hacken.

2 Die Mayonnaise mit Senf, Cornichons, Kapern, Sardellen und Kräutern verrühren. Mit Salz, Pfeffer, Zucker und Zitronensaft würzen. Möglichst rasch zu Tisch bringen oder bis zum Servieren kühl stellen. Mit kaltem Braten, z. B. Roastbeef, zu Sülzen, gekochten Eiern, gebratenem Fisch oder Krustentieren servieren.

SCHLANK-TIPP

Wer auf Kalorien achten muss, ersetzt die Mayonnaise ganz oder zur Hälfte durch Quark, Joghurt und/oder saure Sahne.

Spezialität aus Hessen

Grüne Sauce

»Grie Soß« gibt es in Frankfurt traditionell am Gründonnerstag mit Pellkartoffeln.

3 hart gekochte Eier | 2 EL Weißweinessig
2 TL scharfer Senf | ⅛ l Öl
150 g gemischte Kräuter (z. B. 1 Kästchen Kresse, 1 Bund Schnittlauch, ½ Bund Petersilie, 30 g Kerbel, je 2 Zweige Pimpernelle und Sauerampfer, 4 Borretschblätter) oder 1 Bund Kräuter für Frankfurter Grüne Sauce | 150 g saure Sahne
50 g Sahne | Salz | Pfeffer
1–2 TL frisch gepresster Zitronensaft

Für 4 Personen
25 Min. Zubereitung | 30 Min. Kühlen
Pro Portion ca. 395 kcal, 8 g EW, 38 g F, 5 g KH

1 Die Eier halbieren, Eigelbe herauslösen und durch ein feines Sieb streichen. Mit Essig und Senf verrühren. Öl im dünnen Strahl einlaufen lassen, dabei ständig schlagen, bis die Sauce cremig ist.

2 Die Kresse mit einer Schere abschneiden. Übrige Kräuter waschen, trockenschütteln, von den Stängeln abzupfen und fein hacken. Alle Kräuter mit der sauren Sahne und der Sahne in die Sauce rühren.

3 Das Eiweiß fein hacken und ebenfalls dazugeben. Sauce mit Salz, Pfeffer und Zitronensaft würzen. Abgedeckt im Kühlschrank 30 Min. durchziehen lassen.

UND DAZU?

Traditionell mit Pellkartoffeln und gekochtem Rindfleisch servieren oder zu gedünstetem Fisch.

oben: Grüne Sauce | unten: Remouladensauce

Spezialität aus Italien

Salsa verde

Diese frische, kräftige Sauce lieben wir ebenso wie die Italiener. Denn sie steckt voller aromatischer Zutaten wie Petersilie, Kapern und Anchovis.

2 Bund glatte Petersilie
1 Knoblauchzehe | 3 EL kleine Kapern
4 eingelegte Sardellenfilets (Anchovis)
2 EL Weißweinessig
1/8 l kaltgepresstes Olivenöl
2 EL Semmelbrösel
Salz | Pfeffer

Für 4 Personen
25 Min. Zubereitung | 1 Std. Kühlen
Pro Portion ca. 345 kcal, 5 g EW, 32 g F, 7 g KH

1 Die Petersilie waschen und trockenschütteln. Die Blättchen bis auf ein paar zum Garnieren von den Stielen abzupfen und grob hacken. Knoblauchzehe schälen, Kapern abtropfen lassen. Sardellen kurz abspülen und trockentupfen. Alle drei Zutaten grob hacken.

2 Die Petersilie mit Knoblauch, Kapern, Sardellenfilets und Essig mit dem Pürierstab oder im Mixer fein pürieren, dabei nach und nach das Olivenöl und die Semmelbrösel einarbeiten. Die Sauce mit Salz und Pfeffer abschmecken und bis zum Servieren im Kühlschrank abgedeckt 1 Std. durchziehen lassen. Die Salsa verde mit den übrigen Petersilienblättern garnieren.

UND DAZU?

Traditionell wird die grüne Sauce zu Bollito misto, dem klassischen italienischen Fleischtopf serviert. Sie passt aber auch perfekt zu rohem oder gekochtem Gemüse, Roastbeef-Aufschnitt, kaltem Braten, gebratenem Fisch oder Garnelen, Ofenkartoffeln und Eiern.

AUSTAUSCH-TIPP

Wer mag, kann statt Olivenöl 150 g saure Sahne und 2 EL Salatmayonnaise (Fertigprodukt) unter die Salsa ziehen.

VARIANTE – WALNUSS-PAPRIKA-PASTE

Für die syrische Spezialität 2 rote Spitzpaprika oder 1 große, rote Paprikaschote waschen, putzen und in grobe Stücke schneiden. 1 geschälte Knoblauchzehe und 75 g Walnusskerne grob hacken. Paprika, Knoblauch, Nüsse, 2 TL Harissa (tunesische Chilipaste; ersatzweise 1 TL Tomatenmark mit 1/2 TL rosenscharfem Paprikapulver verrührt) und 6 EL Olivenöl fein pürieren. 2 Zwiebäcke in Stücke brechen, nach und nach unter die Paste arbeiten, salzen. Zu gebratenem oder gegrilltem Fisch und Gemüse oder mit Fladenbrot servieren.

VARIANTE – KORIANDER-PESTO

Die thailändisch inspirierte Version lässt sich prima für den Vorrat herstellen: je 1 Bund Koriandergrün und Petersilie, 1 kleine grüne Chilischote, 2 Knoblauchzehen und 1 Stück frischen Ingwer (1 cm) waschen, putzen oder schälen und grob zerteilen. 1 Stängel Zitronengras von den Hüllblättern befreien, nur die unteren 10 cm in kleine Würfel schneiden. Alle Zutaten mit 30 g gehackten Erdnüssen und 1 TL Salz im elektrischen Zerkleinerer pürieren, dabei nach und nach 7–8 EL Öl unterrühren. Das Pesto mit 1–2 EL Limettensaft und Pfeffer abschmecken. Zu chinesischen oder japanischen Weizennudeln, gegrilltem Fisch oder zu asiatischen Suppen servieren.

mexikanisch | ganz frisch servieren

Guacamole

2 Schalotten | 2 kleine feste Tomaten | 2 Jalapeño-Chilischoten | ½ Bund Petersilie | 2 reife Avocados | 4 EL frisch gepresster Limettensaft | Salz | Pfeffer

Für 4 Personen | 20 Min. Zubereitung
Pro Portion ca. 295 kcal, 3 g EW, 30 g F, 4 g KH

1 Schalotten schälen und fein würfeln. Tomaten mit kochendem Wasser überbrühen, häuten, vierteln, entkernen und ebenfalls in kleine Würfel schneiden. Chilischoten entkernen und sehr fein würfeln. Petersilie waschen, trockenschütteln, abzupfen und hacken.

2 Avocados längs halbieren, Stein herauslösen. Fruchtfleisch mit einem Löffel aus der Schale lösen und sofort mit Limettensaft beträufeln, mit einer Gabel gut zerdrücken. Übrige Zutaten unter das Avocadopüree mischen, mit Salz und Pfeffer abschmecken. Mit Tortilla-Chips, zu kaltem Geflügel, gegrilltem Fisch oder knackigem Gemüse servieren.

vitalstoffreich

Möhren-Quark-Dip

2 EL gehackte Walnüsse | 400 g Speisequark (20% Fett) | 4 EL Milch | 1 EL Walnussöl | 1 Möhre | 2 EL frisch gepresster Zitronensaft | Salz | Pfeffer

Für 4 Personen | 20 Min. Zubereitung
Pro Portion ca. 195 kcal, 14 g EW, 13 g F, 6 g KH

1 Die Walnüsse ohne Fett anrösten, vom Herd nehmen und abkühlen lassen. Quark mit Milch und Walnussöl glatt und cremig rühren.

2 Die Möhre putzen, schälen und auf der Rohkostreibe fein raspeln. Mit dem Zitronensaft und den Nüssen unter den Quark mischen. Den Dip mit Salz und Pfeffer abschmecken. Schmeckt zu gebratenem oder gegrilltem Fleisch und Fisch oder zu Gemüse-Sticks.

VARIANTE– MÖHREN-APFEL-DIP

1 kleine Möhre und ½ säuerlichen Apfel (z. B. Boskop) schälen, fein raspeln und zusätzlich unter den Quark-Dip rühren.

aus dem Vorrat | blitzschnell

Tunfisch-Dip

100 g Doppelrahm-Frischkäse | 150 g Crème légère | 1 Dose Tunfisch im eigenen Saft (185 g Abtropfgewicht) | 1–2 EL frisch gepresster Zitronensaft | 2 TL Sardellenpaste | 1 EL kleine Kapern | Salz | Pfeffer | ½ Bund Schnittlauch

Für 4 Personen | 15 Min. Zubereitung
Pro Portion ca. 190 kcal, 13 g EW, 13 g F, 3 g KH

1 Den Frischkäse mit der Crème légère verrühren. Tunfisch abgießen, abtropfen lassen und sehr fein zerpflücken, mit Zitronensaft, Sardellenpaste und Kapern unterrühren. Mit Salz und Pfeffer würzen.

2 Schnittlauch waschen, trockenschütteln und in feine Röllchen schneiden, bis auf 1 EL untermischen. Übrigen Schnittlauch aufstreuen.

UND DAZU?

Mit Grissini, Crackern oder Gemüse-Sticks anrichten. Der Dip schmeckt auch prima zu grünen Bohnen oder Zucchini, zu Ofenkartoffeln oder als Brotbelag.

raffiniert

Ziegenkäse-Dip

150 g cremiger Ziegenfrischkäse | 200 g körniger Frischkäse | 1 EL Olivenöl | 1 EL frisch gepresster Zitronensaft | 1 Knoblauchzehe | 2 getrocknete, in Öl eingelegte Tomaten | 1 TL Honig | ½ TL getrockneter Thymian | Salz | Pfeffer

Für 4 Personen | 15 Min. Zubereitung
Pro Portion ca. 185 kcal, 9 g EW, 15 g F, 4 g KH

1 Den Ziegenkäse mit dem Frischkäse, Olivenöl und Zitronensaft glatt und cremig rühren. Knoblauch schälen und dazupressen. Tomaten abtropfen lassen, fein würfeln und mit 1 EL Tomatenöl untermischen.

2 Den Frischkäse-Dip mit Honig, Thymian, Salz und Pfeffer abschmecken. Mit Grissini, Crackern, rohen Gemüsestreifen servieren oder als Beilage zu Pellkartoffeln reichen.

AUSTAUSCH-TIPP

Ziegenkäse gegen Frischkäse oder Ricotta austauschen.

leicht & frisch

Tomaten-Salsa

600 g reife Strauchtomaten
1 kleine rote Zwiebel
1 kleine frische, rote Chilischote
2 EL Olivenöl
1 EL frisch gepresster Limettensaft
Salz | Pfeffer
1 Prise Zucker
½ Bund Koriandergrün (ersatzweise Petersilie)

Für 4 Personen | 20 Min. Zubereitung
Pro Portion ca. 75 kcal, 1 g EW, 6 g F, 3 g KH

1 Die Tomaten waschen, vierteln, entkernen und fein würfeln. Die Zwiebel schälen und in sehr kleine Würfel schneiden. Die Chilischote längs halbieren, entkernen und fein hacken.

2 Tomaten, Zwiebeln und Chilischote mit Öl, Limettensaft, Salz, Pfeffer und Zucker würzen. Koriandergrün waschen und trockenschütteln, Blätter abzupfen, grob hacken und unterrühren. Mit gebratenen Hähnchenkeulen oder Chicken-Wings servieren, oder zu Crackern, Grissini oder Tortilla-Chips reichen.

VARIANTE – NEKTARINEN-SALSA

Von 3 reifen Nektarinen (ca. 300 g) die eine Hälfte in kleine Würfel schneiden, die andere Hälfte pürieren. 4 Frühlingszwiebeln und 1 Jalapeño-Chilischote fein hacken. 1 kleine, rote Spitzpaprika klein würfeln. 3 Zweige Basilikum abzupfen und in feine Streifen schneiden. Alle Zutaten mit 2 EL frisch gepresstem Limettensaft unter das Nektarinenpüree mischen, mit ½ TL Chilipulver, Salz und Pfeffer würzen. 15 Min. ziehen lassen. Schmeckt zu gegrillten Meeresfrüchten und Geflügel.

japanisch inspiriert

Zucchini-Relish

250 g Zucchini
2 Frühlingszwiebeln | 1 Knoblauchzehe
1–2 EL helle Sojasauce
2 EL Reisessig
1 TL Wasabipaste (japanischer Meerrettich)
1 TL Sesamöl
Salz | Pfeffer | Sesam (nach Belieben)

Für 4 Personen | 30 Min. Zubereitung
Pro Portion ca. 65 kcal, 2 g EW, 5 g F, 4 g KH

1 Die Zucchini waschen, putzen und grob raspeln. Frühlingszwiebeln waschen und putzen, Knoblauch schälen, beides fein hacken.

2 Zucchini, Frühlingszwiebeln und Knoblauch mit der Sojasauce, Essig, Wasabi und Sesamöl verrühren. Das Relish 15 Min. durchziehen lassen, dann mit etwas Salz und Pfeffer abschmecken. Als Beigabe zu Fisch, Fischcarpaccio oder Geflügel servieren.

VARIANTE – RHABARBER-CHUTNEY

Für 4 Gläser (je ¼ l) 1 kg Rhabarber klein schneiden. 250 g Schalotten, 2 Knoblauchzehen, 1 Stück frischer Ingwer (3 cm) und 2 kleine frische, rote Chilischoten putzen und sehr fein würfeln. Alle Zutaten mit 100 g Korinthen, 150 g Zucker, 1/4 l Himbeeressig, 2 TL gemahlenem Koriander und 1 TL Pimentpulver in einem Topf aufkochen. Salzen und zugedeckt bei milder Hitze 1 Std. kochen lassen, bis die Masse leicht sämig ist. Zwischendurch umrühren. Heiß in ausgespülte Gläser füllen und sofort verschließen. Das Chutney kühl und dunkel aufbewahren. Es hält sich ca. 6 Monate. Zu gebratenem Geflügel, Fisch, Braten, kaltem Fleisch oder als Fonduesauce reichen.

links: Tomaten-Salsa | rechts: Zucchini-Relish

süß & fruchtig

Ich freue mich immer auf ein erfrischendes Dessert. Für diese leichte Limetten-Joghurt-Sahne – zum Beispiel zu einem Obstsalat – lasse ich die tollsten Nachspeisen links liegen. Außerdem muss ich meine guten Vorsätze nicht über Bord werfen: die Dessertsauce ist nur eine kleine süße Sünde und dabei noch supergesund.

Limetten-Joghurt-Sahne

100 g Zucker
1/8 l frisch gepresster Limettensaft
(von 2–3 Limetten)
125 g Sahne
150 g Joghurt
1 Zweig Zitronenmelisse

Für 4 Personen | 30 Min. Zubereitung
Pro Portion ca. 225 kcal, 2 g EW, 11 g F, 28 g KH

1 Den Zucker in die Mitte eines kleinen Topfs mit schwerem Boden häufen. So lange erhitzen, bis der Zucker goldgelb karamellisiert ist, dann ständig rühren. Danach den Topf vom Herd nehmen, Limettensaft unterrühren. Vorsicht, dabei spritzt es kräftig!

2 Den Topf wieder auf den Herd stellen und den Karamell unter Rühren kochen, bis er sich wieder ganz gelöst hat. In 3 Min. zu einem Sirup einkochen.

3 Die Sauce vom Herd nehmen und etwas abkühlen lassen. Inzwischen die Sahne sehr steif schlagen und den Sirup locker unterheben. Joghurt gut verrühren und ebenfalls unter die Sauce ziehen. Zitronenmelisse abbrausen, Blätter abzupfen und die Sauce damit garnieren. Lauwarm oder abgekühlt servieren.

UND DAZU?

Die frisch-aromatische Dessertsauce ist »erste Sahne« für einen Fruchtsalat, sie passt aber auch fantastisch zu einer Obsttarte, Soufflé oder einem süßen Auflauf.

GENIESSER-VARIANTE – LIMETTENSAHNE

Den Limettensirup mit 250 g Sahne verrühren und 3–5 Min. kochen lassen, bis die Dessertsauce leicht eingedickt ist.

blitzschnell | auch aus dem Vorrat

Himbeersauce

250 g frische oder tiefgekühlte Himbeeren | 4 EL frisch gepresster Zitronensaft | 2 EL Puderzucker

Für 4 Personen | 15 Min. Zubereitung
Pro Portion ca. 40 kcal, 1 g EW, 0 g F, 7 g KH

1 Die Himbeeren verlesen, tiefgekühlte Himbeeren 5 Min. antauen lassen, dann mit dem Zitronensaft und dem Puderzucker im Mixer oder mit dem Pürierstab fein zerkleinern.

2 Das Fruchtpüree durch ein feines Sieb passieren, um die Kernchen zurückzubehalten. Zu Vanillepudding oder -eis oder mit Quarkknödeln servieren.

AUSTAUSCH-TIPP

Die Himbeeren zur Abwechslung durch Erdbeeren oder Heidelbeeren ersetzen.

TIPP

Pürieren Sie gefrorene Himbeeren leicht angetaut. So wird das Fruchtmus besonders sämig.

vitaminreich

Kiwisauce

3 große, reife Kiwis | 2 TL frisch gepresster Limettensaft | 3 TL flüssiger Akazienhonig

Für 4 Personen | 15 Min. Zubereitung
Pro Portion ca. 70 kcal, 1 g EW, 0 g F, 15 g KH

1 Die Kiwis schälen und klein schneiden (ergibt etwa 300 g Fruchtfleisch). Das Fruchtfleisch mit Limettensaft und Honig fein pürieren.

2 Anschließend die Fruchtmasse durch ein feines Sieb passieren, um die Kernchen zurückzubehalten.

UND DAZU?

Sie können wählen: Das Kiwipüree schmeckt super zu Obstsalat, Vanilleeis, Waffeln, Crêpes, Pfannkuchen oder Omeletts.

VARIANTE

1 eingelegte Ingwerpflaume (eingelegter Ingwer; Asienladen) sehr fein würfeln und unterrühren. Statt mit Honig das Kiwipüree mit Ingwersirup (aus dem Glas) süßen.

sommerlich

Aprikosensauce

500 g frische Aprikosen | 60 g Puderzucker | 6 EL Weißwein (ersatzweise Apfelsaft) | ¼ Zimtstange | 2 Gewürznelken | 1 EL frisch gepresster Limetten- oder Zitronensaft

Für 4 Personen | 25 Min. Zubereitung
Pro Portion ca. 130 kcal, 1 g EW, 0 g F, 26 g KH

1 Die Aprikosen mit kochendem Wasser überbrühen, abschrecken, häuten, halbieren und entsteinen. Das Fruchtfleisch klein schneiden, mit Puderzucker und Wein in einen Topf geben. Zimtstange und Nelken dazugeben, aufkochen und bei geringer Hitze in 10–15 Min. im offenen Topf zu einem dicklichen Mus kochen.

2 Zimt und Nelken entfernen. Aprikosenmus durch ein Sieb passieren, mit Limetten- oder Zitronensaft abschmecken. Abkühlen lassen. Die Fruchtsauce zu Pfannkuchen, Waffeln, Quarkknödeln, Grießpudding, Flammeris oder Vanilleeis servieren.

raffiniert | gästefein

Cassissauce

300 g Schwarze Johannisbeeren | 2 EL Puderzucker | 2 TL frisch gepresster Limettensaft | 3 EL Cassislikör (Johannisbeerlikör)

Für 4 Personen | 20 Min. Zubereitung
Pro Portion ca. 60 kcal, 1 g EW, 0 g F, 11 g KH

1 Die Johannisbeeren kurz waschen, trockentupfen, Beeren von den Stielen zupfen. Mit dem Puderzucker, Limettensaft und 3 EL Wasser aufkochen und 5 Min. köcheln lassen, dabei immer wieder umrühren, bis die Beeren weich sind.

2 Die Beeren durch ein Sieb streichen. Likör unterrühren und die Sauce bis zum Servieren kalt stellen. Passt zu Obstsalaten, Eis, Vanillecreme, Quarkspeisen, Waffeln oder Windbeuteln.

VARIANTE – CASSIS-SABAYON

50 g Johannisbeerpüree (aus 100 g Beeren) mit 4 EL Wasser, 2 frischen Eigelben und 2 EL Puderzucker im warmen Wasserbad schlagen. 2 EL Cassis untermischen.

wandelbarer Klassiker

Vanillesauce

Ein Traum von einer Sauce: herrlich cremig und mild. Sie ist die Krönung vieler süßer Nachspeisen und schmeckt warm oder kalt einfach unwiderstehlich.

1 Vanilleschote
½ l Milch | 2 Eigelbe
1 Päckchen Vanillezucker
60 g Zucker

Für 4 Personen | 25 Min. Zubereitung
Pro Portion ca. 180 kcal, 6 g EW, 7 g F, 22 g KH

1 Die Vanilleschote längs aufschneiden und das Mark herauskratzen. Milch mit der Vanilleschote und dem Mark langsam zum Kochen bringen und 5 Min. ziehen lassen. Vanilleschote entfernen.

2 Die Eigelbe mit dem Vanillezucker verquirlen, zwei Schöpfkellen heiße Vanillemilch langsam unterrühren, dabei kräftig rühren. Die übrige Vanillemilch zur Eiermilch gießen (Bild 1), den Zucker dazugeben und alles unter ständigem Weiterschlagen bei mittlerer Hitze bis »zur Rose« abziehen: Die Creme muss dicklich werden und auf einem Löffelrücken in Form einer Rose stehen bleiben, wenn man sie anbläst (Bild 2). Vorsicht! Die Creme darf nicht aufkochen, sonst gerinnt das Eigelb.

3 Die Sauce vom Herd nehmen und warm servieren (Bild 3). Oder den Topf in kaltes Wasser stellen und die Masse kalt werden lassen, dabei ab und zu umrühren.

UND DAZU?

Die Vanillesauce ist ein Allroundtalent. Sie passt zu Kompott, gestürzten Cremes, Flammeris, süßen Aufläufen oder Gebäck wie Strudel, Waffeln oder Crumble.

EISIGER TIPP

Die abgekühlte Creme in eine Eismaschine füllen und unter Rühren erstarren lassen. Oder die Masse ins Gefriergerät stellen und in ca. 6 Std. fest werden lassen, dabei mehrfach umrühren.

VARIANTE – PISTAZIENSAUCE

40 g fein gemahlene Pistazien in der Milch mit Vanilleschote und -mark aufkochen lassen. Dann die Sauce nach dem Grundrezept zubereiten und abkühlen lassen. Schmeckt zu Obstsalaten und Roter Grütze.

VARIANTE – MOHNSAUCE

Je ¼ l Milch und Sahne, 40 g gemahlenen Mohn, 1 aufgeschlitzte und ausgekratzte Vanilleschote und 70 g Zucker in einem Topf gut verrühren und bei milder Hitze 5 Min. köcheln lassen. 2 Eigelbe mit 2 Schöpfkellen Mohnsahne verquirlen und die Sauce nach dem Grundrezept mit Eigelben binden. Warm oder kalt mit Aprikosen- oder Zwetschgenkompott, Himbeeren, süßem Gebäck oder Pfannkuchen servieren.

VARIANTE – SCHNELLE VANILLESAUCE

Von 1/2 l Milch 4 EL abnehmen und mit 2 TL Vanillepuddingpulver oder Speisestärke und 2 Eigelben gut verrühren. Übrige Milch mit 40 g Zucker, dem ausgekratzten Mark und der Schote von 1 Vanilleschote zum Kochen bringen. Vanilleschote entfernen und die Sauce mit den angerührten Eiern unter kräftigem Rühren mit dem Schneebesen binden. Einige Male aufwallen, dann abkühlen lassen.

1

2

3

für Genießer | blitzschnell

Schokoladensauce

Versüßt das Leben, zergeht auf der Zunge – beste Schokolade und feinste Sahne.

100 g dunkle Schokolade
(mindestens 70 % Kakaoanteil)
1 Vanilleschote
50 g Zucker
250 g Sahne oder ¼ l Milch

Für 4 Personen | 15 Min. Zubereitung
Pro Portion ca. 370 kcal, 3 g EW, 27 g F, 28 g KH

1 Die Schokolade hacken. Die Vanilleschote längs aufschneiden und das Mark herauskratzen.

2 Das Vanillemark samt Schote und Zucker in der Sahne oder Milch aufkochen. Die Schote entfernen. Schokolade nach und nach in die heiße Sahne oder Milch geben und unter Rühren schmelzen lassen, bis sie dick-cremig geworden ist. Die Sauce nicht zu stark erhitzen, sonst wird sie körnig. Die Sauce heiß oder kalt servieren. Mit Puddingen aller Art, Eiscreme, pochierten Birnen oder Windbeuteln servieren.

VARIANTE – MOKKA-SAHNESAUCE

Die Schokoladensauce (Grundrezept) mit 125 g Sahne und ⅛ l Milch zubereiten. 1 gehäufter EL Instant-Kaffeepulver und 50 g Nussnougatcreme unterrühren und unter Rühren auflösen.

VARIANTE – MINZE-SCHOKOSAUCE

50 g dunkle Kuvertüre und 6 Täfelchen After Eight (50 g) hacken. 125 g Sahne und ⅛ l Milch aufkochen, über die Schokolade gießen und so lange rühren, bis sich alles aufgelöst und vermischt hat.

mild & edel

Weiße Schokoladensauce

Ein Traum in Weiß! Zarter und cremiger Kontrast zur dunklen Schokoladenseite.

½ EL Vanillezucker
100 g weiße Schokolade
60 g Crème double oder Sahne

Für 4 Personen | 15 Min. Zubereitung
Pro Portion ca. 185 kcal, 2 g EW, 13 g F, 15 g KH

1 In einem kleinen Topf 4 EL Wasser mit dem Vanillezucker aufkochen und in 2–3 Min. sirupartig einkochen lassen, dann vom Herd nehmen.

2 Die Schokolade hacken, in den heißen Sirup geben und rühren, bis sie geschmolzen und eine glatte Sauce entstanden ist. Crème double oder Sahne unterrühren und kurz erhitzen. Warm oder kalt servieren. Schmeckt mit Kirschen, pochierten Birnen, Pfirsichen oder Nektarinen, zu Schokoladenpudding, Soufflés oder Eiscreme.

VARIANTE – WEISSE INGWER-SCHOKOSAUCE

50 g frischen Ingwer schälen und reiben. Mit 40 g braunem Zucker, 100 ml Wasser und 2 EL frisch gepresstem Limettensaft aufkochen und in 5 Min. zu einem Sirup einkochen. Die Mischung durch ein Sieb abgießen, dabei den Ingwer mit einem Löffel ausdrücken, damit der ganze Ingwersaft herauskommt. Den Ingwersirup noch mal auf 4 EL einkochen. Die Sauce (Grundrezept) mit Schokolade und Crème double oder Sahne zubereiten.

VARIANTE – STRACCIATELLA-SAUCE

30 g fein gehackte Bitterschokolade unter die erkaltete weiße Schokoladensauce rühren.

links: Schokoladensauce | rechts: Weiße Schokoladensauce

blitzschnell | gästefein

Weißwein-Sabayon

Süß, leicht und luftig: die klassische Weinschaumsauce ist eigentlich solo schon ein feines Dessert. Noch traumhafter schmeckt sie mit frischen Früchten.

3 sehr frische Eigelbe
60 g Zucker
1/8 l trockener Weißwein (z. B. Riesling)

Für 4 Personen | 10 Min. Zubereitung
Pro Portion ca. 135 kcal, 2 g EW, 5 g F, 16 g KH

1 Die Eigelbe, Zucker und Wein in einer Schlagschüssel oder Metallschüssel mit dem Schneebesen verrühren, bis sich der Zucker ganz aufgelöst hat.

2 Die Schüssel in ein heißes Wasserbad stellen und die Mischung in 4–5 Min. dick-cremig aufschlagen. Als heiße Sauce sofort servieren oder, wenn sie kalt sein soll, in eine andere, halb mit Eiswürfeln gefüllte Schüssel stellen. Im kalten Wasserbad 2–3 Min. schlagen, bis die Sauce abgekühlt ist. Vor dem Servieren noch 10 Min. ruhen lassen.

UND DAZU?

Aus (Wein-)Schäumen werden Träume: mit Weintrauben, frischen Beeren, pochierten Birnen, Bratäpfeln, Pudding, Eis oder Parfaits.

DESSERT-TIPP

Ohne großen Aufwand wird die Sabayon zu einer erfrischenden Nachspeise: 150 g Sahne sehr steif schlagen, unter die kalt geschlagene Sabayon heben und diese abwechselnd mit frischen Beeren in Gläser oder in eine Schüssel schichten.

AUSTAUSCH-TIPP

Es muss nicht immer Weißwein sein. Für eine Sabayon sind auch Champagner oder ein edler Sekt, ein fruchtiger Cidre oder Rosé geeignet. Oder Sie nehmen einen südländischen Süßwein, z. B. Sherry (Oloroso), Malaga, Marsala oder Portwein.

VARIANTE – ORANGEN-MANDEL-SCHAUM

50 g Mandeln mit kochendem Wasser überbrühen, häuten, trocknen und sehr fein mahlen. 1/4 l Milch mit Mark und Schote 1/2 Vanilleschote aufkochen, Mandeln darin 10 Min. köcheln lassen. Mandelbrei auf ein Sieb geben, mit einem Löffel kräftig ausdrücken, die Mandelmilch dabei in einer Schüssel auffangen. Mandelmilch, 3 Eigelbe, je 2 EL Orangenlikör und Orangensaft sowie 30 g Zucker verrühren. Die Mischung im heißen Wasserbad mit dem Schneebesen schaumig aufschlagen. Sofort servieren oder im Wasserbad kalt schlagen. Zu Fruchtgrützen aller Art, Fruchteis, Pudding oder Flammeri, Kompott oder pochierten Birnen servieren.

VARIANTE – PIÑA-COLADA-SABAYON

6 EL Ananassaft, 2 EL Kokosmark (Cream of Coconut; Dose) und 2 EL braunen Rum in einer Schlagschüssel verrühren. 3 sehr frische Eigelbe und 1 EL Zucker unterrühren. Die Zutaten im heißen Wasserbad mit einem Schneebesen oder elektrischen Handrührgerät mit Rührbesen 5 Min. schaumig aufschlagen. Heiß servieren oder im Wasserbad kalt schlagen. Schmeckt klasse zu exotischen Obstsalaten, Frucht- oder Schokoladeneis, Schokoladenpudding oder -flammeri.

Zum Gebrauch
Damit Sie Rezepte mit bestimmten Zutaten noch schneller finden können, stehen in diesem Register zusätzlich auch beliebte Geschmackszutaten wie **Kräuter** oder **Senf** – ebenfalls alphabetisch geordnet und **hervorgehoben** – über den entsprechenden Rezepten.

DAS ORIGINAL MIT GARANTIE

Ihre Meinung ist uns wichtig. Deshalb möchten wir Ihre Kritik, aber auch Ihr Lob erfahren, um als führender Ratgeberverlag noch besser zu werden. Darum schreiben Sie uns! Wir freuen uns auf Ihre Post und wünschen Ihnen viel Spaß mit Ihrem GU-Ratgeber.

Unsere Garantie: Sollte ein GU-Ratgeber einmal einen Fehler enthalten, schicken Sie uns das Buch mit einem kleinen Hinweis und der Quittung innerhalb von sechs Monaten nach dem Kauf zurück. Wir tauschen Ihnen den GU-Ratgeber gegen einen anderen zum selben oder ähnlichen Thema um.

GRÄFE UND UNZER VERLAG

Redaktion
Kochen & Verwöhnen

Postfach 86 03 13
81630 München
Fax: 0 89/4 19 81-113

oder schreiben Sie uns eine E-Mail an:
leserservice@graefe-und-unzer.de

Danke!

Ein besonderes Dankeschön geht an die Firma Braun für die Bereitstellung des Stabmixers Braun Multiquick professional MR 6550 MCA und Zubehör in diesem Buch.

Programmleitung: Doris Birk
Leitende Redakteurin:
Birgit Rademacker
Redaktion: Tanja Dusy
Lektorat: Petra Puster
Layout, Typografie und Umschlaggestaltung: independent Medien-Design, München
Satz: Uhl + Massopust, Aalen
Herstellung: Martina Müller
Reproduktion:
Repro Ludwig, Zell am See
Druck und Bindung:
Firmengruppe Appl,
aprinta druck, Wemding

ISBN 978-3-8338-0327-7

1. Auflage 2007

GRÄFE UND UNZER

Ein Unternehmen der
GANSKE VERLAGSGRUPPE

100 JAHRE GANSKE VERLAGSGRUPPE

Die Autorin

Martina Kittler ist Diplom-Oecotrophologin und hat ihre Leidenschaft fürs Kochen zum Beruf gemacht. Als Foodautorin versteht sie es, Genuss und gesunde Ernährung in familien- und alltagstaugliche Rezepte umzusetzen. Und die sind ohne Sauce – einfach undenkbar...

Der Fotograf

Wolfgang Schardt kann seine Liebe für Essen und Trinken beruflich ausleben: In seinem Studio in Hamburg fotografiert er vor allem Food, Stills und Interieur für Magazine wie FEINSCHMECKER, für Verlage und Werbung. Mit Foodstylistin Anne-Katrin Weber setzte er die Rezepte dieses Buches stimmungsvoll in Szene.

Bildnachweis:

Titelfoto: Fotos mit Geschmack, Alling; alle anderen Fotos: Wolfgang Schardt, Hamburg.

Titelbildrezepte:

Béchamelsauce mit Safran (S. 12), Kräuter-Joghurt-Hollandaise (S. 19) und Zucchini-Lauch-Sauce (S. 36)

GU-EXPERTEN-SERVICE

Haben Sie Fragen zu den Rezepten oder benötigen Sie weiteren Rat zum Thema? Dann schreiben Sie uns. Unsere Experten helfen Ihnen gerne weiter. Unsere Adresse finden Sie links.